勘誤表

頁數行數	原文	更正
66 頁第 19 行	應陋就簡	因陋就簡
76 頁第 1 行	地裡位置	地理位置
18 頁第 13 行	狗練	狗鍊
42 頁第 15 行	組辦單位	主辦單位
50 頁第 4 行	花稍	花俏
67 頁第 8 行	另我印象深刻	令我印象深刻

陳小川 著

走向白雲山巔
瑞士茵佳汀

ENGADIN SWITZERLAND

再好的山水也無法承受喧囂

真正的美景只能於幽靜中尋得

目錄

自序

　　第一次聽說茵佳汀這個地方，是我在巴黎唸書時。朋友HK寄來一張風景明信片，說他在茵佳汀度假。卡片上，青翠的近山與白雪罩頂的遠山在藍天下微笑；前方一條小徑，邀約似的，宛延伸向群山的懷抱。我把卡片貼在宿舍房間的牆上，偶爾看一眼，發陣呆。在我每日擠地鐵、跑圖書館、趕寫論文的求學生活裡，它有如一扇窗，敞開向一個清亮明淨的山的世界。

　　後來我回到瑞士，HK帶我去茵佳汀，那是我們婚後的某個夏日。進入山區後，空氣明顯變得清涼，林蔭下甚至還有殘雪。翁鬱的樹林隨山坡往上爬，爬到一定高度後，留下嶙峋的岩石、青苔和勁草，在疾風裡地老天荒。我心想，HK要帶我去什麼樣的地方呢？車子在山道上左彎右拐，上坡下坡，經過了一些小小的村落。個把鐘頭後，HK在一個小坡盡頭停車，對我

說：「我們到了。」我彷彿從夢中醒來，左右看了看，並不見屋子呀！他走下車，解開路旁一個木柵門的繩索，我這才注意到斜坡下方幾株杉樹後的磚瓦灰牆。屋子是山區常見的樣式，簡單樸實。HK的外婆晚年時常來這裡，現在子孫們輪流使用並維護。正門牆上有句拉丁文格言，我讀後正要問HK，轉身卻不見人影。我繞到屋子後方，見他坐在花園裡一個低矮的石牆上，面對大片的草地和起伏綿延的山峰。我走到他身邊時聽到他說：「你知道我為什麼總愛來這裡了吧！」我沒說話，輕輕嘆了口氣。旅途的顛簸疲累倏忽都沒了，我感到平靜與恬然。我已喜歡上這地方了。

　　茵佳汀的山水很難不讓人著迷。我徜徉其中，單純的，好奇的，像孩子奔跑於春天的草地上。我一點一點去認識茵佳汀，包括它的氣候、村鎮，它的高度。我一步步走向它的山谷山峰，從近的地方開始，逐漸走遠一些、高一點。夏天時我把走得疲累的雙腳伸入溪水裡，體驗刺刺麻麻的冰涼；冬天我努力在雪地上走得優雅，羨慕地看著別人輕鬆滑著雪翹飛去。山中健行其實很累人，遊山玩水並不總是愜意輕鬆，光有興致不夠，還需要體力和裝備。當我爬坡爬得十步一停、五步一喘時，我深深敬畏山的高深難測，迷惑於它的詭異多變；我意識到自己的體力狀況，局限和潛能。於是我換上又厚又牢的鞋

子，背起輕便的背包，帶著風雨不透的外套出門。漸漸地，我選購衣服用品的考量也變了：舒適實用為先，外觀樣式其次。我尤其認識到，鞋子不應該限制甚至折磨雙腳，而是保護雙腳走得更遠。

我遠非真正的登山者，更不想征服哪座山峰，只單純地喜愛山中的清越寧靜。有時我走得精疲力盡，心想再也不爬山了，但隔天一早看太陽照著山頂，我又一股勁跳起來問HK：「我們今天去哪兒？」爬山的一個最大收穫是：透過體能上的提昇而獲得內心的充實感。疲累時也就再沒有精神去胡思亂想了——晚上能舒服地躺下來飽睡一覺，那真是莫大的幸福！

後來我才知道，我去過的那些地方，早在一百多年前就已是馳名遠近的旅遊勝地。原來茵佳汀又分上、下兩區，我們住的地方屬上茵佳汀。原來茵佳汀不僅有聖莫里茨，還有許多各具特色的樸雅村鎮。小鎮裡總有幾棟房子氣宇不凡，讓人驚喜。走近一看，更是一驚，屋子與某位名人有著淵源。茵佳汀原來與太多響亮的名字連在一起。赫曼赫塞、托馬斯曼、普魯斯特、尼采等人還留下了遊記文章。如果我之前知道這些，會不會不自覺地在山水中尋找前人的足跡呢？

山明水秀之地自然人文匯集。茵佳汀豐潤的人文無需刻意尋找，它就像山上的清新空氣，讓人自自然然吸入而神清氣

爽。那不只在於古蹟或美術館的多寡，而更顯現於尋常生活中，在小鎮的石板上、木屋的窗台前，是小巷轉彎處一株老松倚著斑駁的石牆。

茵佳汀的發展與旅遊觀光密不可分。如何在追求商業利益之時不忘維護自然，這是個大題目。但「人為」背後所抱持的態度和所具有的素質，往往是在小事情中顯露。茵佳汀的國家公園沒有巨大的牌樓，沒有張牙舞爪的售票亭，入口非但不起眼，而且小得僅容一人通過。也許有些人期待的是「氣派」和「壯觀」，但這裡似乎提醒遊「客」勿喧賓奪主，進入「自然公園」之前先得變得謙卑與安靜。

觀光事業在茵佳汀幾乎無所不在，要能做到貼心周到而不俗濫不露骨，需要有厚底子的功夫。慕靄山頂的散步路徑在冬季時每隔數公尺立有木牌，上面書寫著名言佳句，其用意大概是讓遊客能有談論或沉思的引題而不致在白茫茫的雪地裡走得太單調無聊。我在一塊牌子上讀到普魯斯特的句子：「旅行的真正收穫不在發現新的景色，而在發覺新的視野」。

百餘年來，茵佳汀接待了來自世界各地的遊客。他們在茵佳汀的山水中獲得休憩療養，汲取靈感生機；他們的造訪與停留又使這片山區多元蓬勃起來。在茵佳汀常聽到德語、英語和義大利語。茵佳汀所屬的格勞賓登州又有當地特殊的語言，

稱作瑞士羅馬語，它有如跳躍的山澗泉水，清脆有致又不失柔媚。茵佳汀的文化就像這地區的語言現象，國際性與地方性並存，既傳統樸實又現代開放。這裡的生活可以寧靜也可以熱鬧，旅遊旺季和淡季的差異有如白天黑夜。旺季的茵佳汀提供了就業市場，每日上下班時刻瑪羅亞山道上的車輛就像接長龍，許多義大利人越過邊界打工。

　　我來來去去茵佳汀也有好些年了，每次總會到幾個固定的地方，但也拜訪未去過的山村或景點。每次上山總有新發現。即使同樣的山水，在不同的季節和天候下會有不同的氣象，何況每回觀看的角度和心情也不一樣。我們常認為自然景觀恆長不變，其實它的消長變化比我們想像的快速強烈多了──冰河的融退便是個明顯的例子。茵佳汀不算大，卻也不小；越過一山又是一山，總有那麼多未去過的地方。我一次次走在山中，漸漸累積了些經驗和感受，把它寫下來，以紀念與茵佳汀的因緣際遇，也算是對山水的一星點回饋──我們取之於大自然的太多了！

　　記述茵佳汀的外文篇章已有許多，我以東方人的黑眼珠看茵佳汀，或許能增添幾抹不同的光影吧。

▲ 用馬匹拉拖的大雪撬。聖莫里茨海報。1944年。

▲ 聖莫里茨，後方由左至右是Hotel Palace, Grand Hotel, Hotel Carlton。1940年夏季。

▲ 石打翠湖。約1950年。

▲ 聖莫里茨鎮上。約1960年。

▲ 希區考克玩「冰上溜石」。 聖莫里茨，約1960年。

▼ Bob 長撬比賽，1928冬季奧運。

▲ 聖莫里茨湖上的激烈賽馬，約1960年。

▲ 1948年冬季奧運開幕式。

▲ 民俗節慶 Chalandamarz。聖莫里茨，
　1965年。

▼ 山路賽車。1930年。

▲ 魔特哈奇冰河。

▶ 碧昂可湖。

▼ 雀樂林納的聖約翰教堂。

▲▼ 颯梅丹附近的秋色。

◀▲伯寧納隧道附近。

▲ 汐芷湖。

▲ 汐芷湖。

▲◀茵佳汀的傳統建築。

▲ 依所拉。農舍改建為住屋。

▲ 農具裝飾牆面。

▼ 依所拉。牧人與山羊。

龍膽花。

雪絨花。

阿爾卑斯山常見的小花。

石打翠

　　從我們住的屋子往坡下走，橫過馬路，再過一個橋，就是石打翠了。一條小徑引入林裡，第一個來打招呼的，不是別的，而是松杉的芳香之氣。不論在盛夏還是寒冬，都是如此。我深深吸入一口又香又涼的空氣，全身舒暢，精神抖擻。這樣的氣味已烙印在我腦裡，不斷牽引我的腳步前來。

　　石打翠是一個小森林區，靠近聖莫里茨。林中藏一小湖，明淨幽美。這附近著名的景點和度假勝地很多，石打翠並不顯眼。正因如此，遊客不多，使它保有一份寧靜和親切。對我來說，它就像「自家後院」一般，有份獨特的情感。事實上這兒也是我們最常來的地方。

　　我們每次到茵佳汀，一定先去石打翠走走，一來因為近，再者因為路徑還算平緩，很適合散步。高度的差異和適應也是個原因：這附近的海拔高度約一千八百公尺，而蘇黎世的高度僅是四百公尺左右，來到的頭兩天，我總覺得疲倦。去更高的山區之前，石打翠成了我暖身和練腿力的好去處。

　　林中有縱橫交錯、大小不一的路徑，我們偏好小路。覆蓋著針葉的泥土路，走上去又軟又順。常常，松鼠在我們前面跳，山鳥在我們頭上叫。HK還總愛捨「正道」，選擇若隱若現的羊腸小徑。有時走到一半，路沒了蹤跡，我們還得撥開樹枝，自已踏出新路來。這樣的途中極少遇得到人，倒是比較能見到野鹿。為了不驚擾野生動物，我們盡量輕步低語。有些地面野草披覆，一腳踏去，才發覺下面是沼澤泥濘。我的鞋雖然防水，但總是沾了爛泥，忍不住抱怨HK帶我走什麼鬼路。但抱怨歸抱怨，下一次還是跟在後頭走。是啊，沒有意料之外也就沒有驚喜。走林中曲徑，有種小小探險的味道，這大概是行在森林裡的最大樂趣吧。蘚苔滿鋪的大小石頭、長滿漿果的小灌木叢，還有撐著花傘的各色菇菌……林中的世界，幽靜奇妙，就像宮琦俊的動畫片般，引人入勝。我們對石打翠雖熟，卻似乎總有不知道的角落。森林裡，隱藏多少驚奇秘密！

　　有一次我們走在林中，聽到輕微的談話聲。聲音慢慢接近了，但我始終見不到人影。林木深密，談話的人大概走在另一條不相交的小路上。「空山不見人，但聞人語響」。我腦中浮現這兩句詩，並試著翻譯出來，HK微笑說詩句很美。我抬眼一看，夕陽斜照山林，真又應了下兩句的情境：「返景入森林，復照青苔上」。

　　不論我們走哪一條路，目標一定是石打翠湖。進入森林走
個大約半小時後，前方突然明亮寬敞起來；樹木讓出一片低窪
地，一汪湖水笑盈盈的，彷彿張開雙臂歡迎老友。

　　石打翠湖是一個沼澤湖，湖水碧綠清澈。水邊的蘆葦和三
葉草迎風搖曳，更添柔媚。兩架小小的木製平台伸向湖裡，讓
人可以由此入水游泳。盛夏裡豔陽當空，這一汪好水是很誘人
的。但可別一骨碌猛跳進去，湖水是漫長冬季結冰後融化的，
即使豔陽高照，湖裡仍是冰冷透骨。HK只在天氣夠暖的中午時
分下水游泳，他先用腳探探水溫：「哇，真冷！」百試不爽。
要不要下水？他回頭看我一眼，大概看到了半鼓勵半挑釁的目
光。他望著湖面，彷彿陷入沉思。然後，我看他一寸寸慢慢往
下挪，終於入水了！他用力擺動雙腿，激起白亮亮的水花，
「啪啦啪啦」作響。蘆葦叢中悠游的野鴨嘎嘎叫了兩聲，似乎
抗議HK擾亂寧靜。等我再望向他時，他已游出好大一截了。

　　比HK小心謹慎的瑞士人大有人在。我們曾見到一個穿泳衣
的中年人走到湖邊，並不入水，卻拿出一支溫度計量水溫。HK
上前跟他聊了幾句，他說湖邊的水溫是攝氏十七度，之後走回
草坪坐下，顯然不急著下水游泳。十七度的水溫算不算冷呢？
我沒什麼概念，但對這個瑞士人來說，數字似乎比感覺來得具
體可靠，也更可以幫助他決定要不要下水。小孩子可不管這麼

多，他們雖然叫冷，還是一個接一個往水裡跳，嘻笑一陣，也就沒事了。根據我的觀察，女性又比男性勇敢不怕冷。「她們的脂肪比較厚嘛！」HK嘴上雖這麼說，臉上卻掩不住欽佩。很多女性老的少的，能夠一聲不響輕巧入水，來回游個好幾趟呢！令我記憶深刻的是二〇一一年的夏天，那年的天氣特別不好，七月份的茵佳汀又溼又冷。我每天起床後總要看一眼窗外的溫度計，常常十度還不到。有一天早上八點鐘我們出門，帶著自泡的咖啡熱茶和麵包，散步到石打翠湖，然後坐在平台上用早餐。天空飄著細雨，湖邊幾隻野鴨無精打采地縮起脖子。遠遠地，有人騎腳踏車過來了。一家三口到了湖邊，先商量了幾句，然後媽媽跟年輕的女兒衣服一脫，敏捷地滑入水裡。爸爸摸索了一陣，最後一個下水。他們游完一圈後上岸，擦乾身體，穿上衣服，再跨上腳踏車繼續他們的行程。我目瞪口呆，低頭看看自己身上的厚毛衣和夾克，只能嘆口氣：「畢竟我不是這裡出生長大的。」

　　我沒本事下湖裡游泳，最多只是泡泡腳而已。然而我只要一坐在湖邊，就已覺得清涼舒適了。石打翠是這麼樣的一個好地方，你可以投入她的波光中與她相親相融，也可以依偎著她享受恬靜與休憩。如果你願意遠遠地觀看，她的優雅風姿又會讓你沉醉。這是為什麼我們總是一來再來，從不厭倦。夏天

時，我們常常帶著書本雜誌，在草地上或平台上或坐或臥，晃眼就是半天。一年暑假，我在湖邊準備下個學期的課程大綱。藍天下，微風裡，我的思路似乎變得清晰，做起事來也快速多了。通常我什麼也不做，慵懶地躺在湖邊。白雲一朵朵飄過去，青山投影在湖波裡。我恍恍惚惚，耳中響起了一首英文歌謠：

搖呀搖，搖船輕輕入溪流
啦啦啦～啦啦～多美妙
生命啊，彷彿一個夢

夏季的石打翠水柔山青，美得真像一個夢。冬天呢，少了枝節與色彩，卻多了簡明爽颯之氣。冰雪寒冬，我常懶得出門，待在屋裡久了，便昏沉沉沒精神。這時散步到石打翠，清冷的空氣一入肺腔，整個人馬上神清氣爽。尤其一想到靈巧可愛的山鳥，我就高興地腳步也變得輕快起來。

冬季時，森林中的一些樹上掛有小小的鳥屋，放著些核仁種子，讓山鳥啄食或棲息。接近湖邊的步道上，一株松樹的枝幹下吊著兩個鳥屋，旁邊有佈告欄介紹林裡常見的鳥類和其特性。又有個木盒子，遊客可以投幣買包鳥食餵鳥，一來可體驗

小鳥在掌中啄食的樂趣，再者也算對森林維護做點贊助。我喜
歡回程時經過那裡，看看那些活潑有趣的山鳥。路過的遊人通
常會在數公尺外自動放慢腳步放低聲調，因為很靜的林裡突然
可以聽到積雪從樹枝落下和羽翼鼓動的聲響，接著有愈來愈多
的細小身影在眼前閃過、俯衝、旋起、彈跳。來啄食的鳥兒顯
然是識途老馬，而且還喜歡從人們手上撿新鮮的吃。有一種鳥
的頭頂豎起一撮龐克造型的羽毛，看來精明伶俐。牠們的行徑
快速大膽，在我還沒弄清處牠們從哪飛來之前，早已啣走一粒
葵花子停在枝頭了。我們把鳥食放於掌中，舉高雙手，靜立不
動等著。小鳥們歪歪頭看一看，沒什麼危險，倏地飛來停在指
尖上，瞄我一眼，利落地啄起一顆小種子，再瞄我一眼，飛走
了。整個過程只在瞬間，卻足以讓我驚喜不已。我甘心地靜靜
等待，等待鳥兒在我指上的輕輕彈落和羽翼搧動的微微聲響，
以及牠們慧詰的眼神和給與的信任。

石打翠就像這些山鳥，小而靈巧，靜動皆美。

石打翠雖小，卻是區域火車的一個停靠站。不用說，車站
很小，而且其實就只有一個站牌而已。要上車，必須先壓一個
按鈕，給司機停車的訊號。我們有時在這裡等開往彭特溪納的
火車，回程則先要在車上按鈕下車。在石打翠上下車的人很
少，我們常常是唯一的乘客。看到火車沿著森林外圍開來了，

我總要揮揮手，給司機打個招呼。火車減速了，停下了，耐心
等我們上車。如果是下車，隨車人員還會跟我們道再見，看我
們離開鐵道了，火車才開走。這樣的搭車經驗，在凡事講求快
速和機械化的時代裡，顯得格外親切又有人情味。

　　對我來說，石打翠的美，在於它的寧靜清新，讓人得以放
鬆身心，感受自然的滋養。巴斯卡在《思想錄》中說出了一個
看似平凡，卻常被忽略的道理：「喧鬧中找不到幸福；幸福僅
存在於休憩中」。

地圖

　　通常在早餐後，HK會以輕鬆的語氣問道：「我們今天去哪走走？」隨後他取出地圖攤在桌上。我們兩人埋頭研究起來，神情專著，不亞於籌劃一場軍事演習。

　　客廳櫃子內有一疊疊的地圖，從含蓋茵佳汀的總圖，到僅以某個山谷為焦點的細密圖，各具不同的大小比例。有一般性地圖，登山專用路徑圖，國家公園地圖等等，冬季還有平地滑雪道的標示圖。這些還不夠，HK有時還要張羅一份更明細的地圖，例如確定哪些路線可以騎越野單車（Mountainbike）。而我呢，由不看地圖也不會看地圖，到體驗地圖的重要，其間可是鬧過笑話也吃過苦頭的。

　　一開始，我對茵佳汀根本沒概念，知道的地方沒有幾個，要去哪裡，總是HK提建議。他說出一個地名後，我隨即問：「在哪？」他的回答方式不是比手畫腳或口語上的解釋，而是不急不徐展開地圖，指著圖上某個黑點作為回答。我看了看，忍不住再問：「我們在哪？」HK的手指很快地又移至另一個黑

點上。「哦！」我高興地呼叫，總算有點兒頭緒了。可是，兩地相隔多遠呢？這次HK忍不住笑了出來，他說：「妳好像不太會看地圖喔！」我感覺臉上發熱。我的記性和認路能力其實不差，但地圖是另一套邏輯系統；從實物到紙上的點線面，需要一個轉換的過程與技能。見我一副茫然不知所在的表情，幾次下來，HK不免既驚又惱。不過我也看得出來，他其實有一絲絲得意之色，因為在我面前，他可以有表現的機會了。

HK看地圖的本事，確實算厲害的。他可以在山間小路上，在沒有任何標示的情況下，找出我們所在的位置。他指著隨身攜帶的地圖上的細小線條說：「妳看，我們現在大約在這裡。這是我們剛剛經過的叉路，這兩個小點是前方的農舍，左邊是小溪，我們再走大約……嗯，一公里，就會接到這條較大的路。」我瞇起眼睛，努力辨認那條細如髮絲，只有兩個手指甲寬的一公里的山路，嘴上應著「喔，喔」，心裡其實懵懂。只要HK知道怎麼走就好了，我省了看地圖之累。如果我們遇到了叉路或是我走累了，我常會問：「還有多遠？這條路對嗎？」倒不是我不信認HK，而是不想走冤枉路，更不想重蹈多年前的覆轍。

那次，HK興沖沖地帶著我和他表弟騎單車出遊。出發前我們大致商量過，應該也看了地圖——至少他和表弟看了。我

那時對距離方位沒有數，反正跟著走就是了，何況我喜歡騎單車。屋裡有四台越野單車，但都不適合像我這樣的小個子，即使把坐墊降到最低，我坐在上面也只是腳尖勉強觸地。我的手臂又不夠長，上身必須往前傾，使我看起來——只能從前面看——像賽車選手作最後不要命的衝刺。沒有其他的選擇，只好將就點了。戴上安全帽，我們出發了。出了院子先是一個下坡路，我捨不得煞車，任由輪子飛快往下衝，把他們兩個高個子遠遠甩在後頭。這時候的我當然沒有想到，所有的下坡路，回程時都將變成上坡路；下坡時有多暢快，上坡時就會有多吃力。我當然也沒有注意到一個重要的事實，那就是：瑞士絕對沒有太長的平坦路，尤其是山區。即便走路時不易察覺的緩坡，只要一踏單車，腿一使勁，事實立現。我也因而體悟到，騎單車並不比走路來得輕鬆。

　　一開始我只知道，我們要往颯梅丹的方向騎。颯梅丹有一個機場，海拔高度是一千七百多公尺，聽說是歐洲最高的機場。我們沿著機場旁的小路騎，享受難得的一段平坦路。當天風和日麗，溪流潺潺。騎在單車上，位置高一些，視野闊一些，速度又快一些。我輕輕吹起了口哨，真是逸興遄飛。為了避開汽車，我們專選小路，況且小路風景比較好嘛。至於我們究竟要騎去哪裡，要騎多遠，我完全沒多問。唉！這樣也好，

否則現在就沒故事可說了。這趟出遊，我永遠不會忘記的，是翻不完的上坡路。有些來得太急或太陡，我必須跳下車來，推車往上走。我的膝蓋越來越痛，背部僵硬得直不起來，真恨不得能撒開雙手不握籠頭。可惜我察覺得太遲，這時再要回頭，划不來更丟面子。好不容易騎到了策爾內茨，已經中午一點多鐘，該吃飯休息一下了。有家餐廳看來親切，屋外擺了幾張桌椅。HK和表弟都要坐外面：這麼好的八月陽光，怎能不珍惜？我雖不愛曬太陽，但此刻只要能坐下來，哪兒都好。餐後，HK一如慣例，很民主地問我們想怎麼走。他接著建議騎到小鎮素喜（Susch），從那裡搭火車回颯梅丹。表弟說沒問題，休息後他又有體力了。HK看我不說話，攤開地圖說道：「妳看，從這裡到素喜就只這麼一小段路了。我們可以順便在小鎮逛逛，然後就搭火車回去。時間還早，天氣又那麼好，妳總不會現在就想回家吧？」

最後，我們到了素喜。買了三個人外加三輛單車的票，等了半個多小時的火車，又再花了將近半個小時到颯梅丹車站。可是，旅程還未到終點。我的膝蓋和腰背都疼痛難忍，再也無法踏單車了，只能牽著車慢慢走，既喪氣又惱恨，真想把車子甩在地上不管了。我的臉色想必很難看，因為HK顯得愈來愈擔心和緊張。回家前的最後一個坡路，HK把我的單車接過手，一

人推兩部車上坡。表弟不忘再虧他一句：「你應該連車帶人一同背回家啊！」

　　我們究竟騎了多遠？事過了很久，我才認真去找答案。從我們住的地方到素喜，公路約三十六公里，我們走彎彎曲曲的小路，距離更長，這還不包括回程時從颯梅丹車站到家的那段路。四十多公里的路算不算遠？我只知道從那次之後，我再也不輕易騎越野車了。日後偶然談起，我的聲調仍會禁不住上揚：「你未免太欺人了吧！那是我第一次騎越野車呀！一上來就騎那麼遠，車又太高，手把又寬，假若我的膝蓋因而受傷呢？」HK一副無辜的樣子，他回答：「我那時並不知道妳的體力那麼差啊！你又什麼也沒說，剛開始時精神甚至比我們還好。不過妳真勇敢，妳該感到驕傲的呀！」

　　「感到驕傲」沒有痛定思痛來的實際。自我檢討後，我對自己定出了幾點原則：一、出發前先弄清楚目的地和距離。二、量力而行，學會堅決說「不」。三、條條大路通羅馬。若有車可坐、有船可搭、有人願意背，何樂不為。四、裡子比面子重要，必要時賴在地上不走。

　　從此，我主動關心遠足的路線，還學會注意高度差距。有些路段雖短，卻陡峭的很，猛然上路，真會走得痛不欲生！HK的手在地圖上比畫時，我才慢慢留意到那些一圈圈水波漣漪般

的等高線。他說：「這個山谷海拔約一千八百公尺，我們要到這個山上，高度是二千二百五十公尺，走一段相當平緩的路之後到這個小湖，我們可以在湖邊野餐，然後從另一側下山。」我立刻反應：「什麼？我們要爬四百五十公尺的高度！」HK的眼睛不離地圖，不急不徐說：「可是，這四百五十公尺的高度差不多平均分散於八公里的路程裡，所以並不算太陡。」哦，我有些鬆動了──「那麼，下山呢？」HK回答：「如果從另一側下山，距離短，所以坡度大。好處是，我們可以看到不同的風景，壞處是，下坡太陡對膝蓋不好。要不然原路下山，再走個八公里。」天啊！難道只有選擇題嗎？事前知道的太多，實在也是壞事；我們常常要在數字、想像、客觀資料、主觀情緒之間來回折衝，找到妥協點。

　　走十公里的路有多遠？爬五百公尺的高坡有多累？從一次次的經驗中，我才慢慢獲得參考依據。數字本身對我沒有太大的意義，但如果有一天，我從甲地走到乙地，花了四個小時，走了十公里，爬了五百公尺高的坡，當日我的精神和體力如何，那麼下一次遇到類似的情形，我就好作估計了。所以當HK說大約十公里的距離時，我需要「轉譯」成：也就是類似從X走到Y地的路。當然，經驗愈多，能累積的參考依據也愈多。所以囉，還是要多走。

　　走著走著，我發現自己掉入這樣的圈套中：每回轉過一的山坡，新的視野又趨使我繼續向前，不知不覺又多走了一兩公里。跟HK一起出遊，還要注意一件事，他總是在到達預定地後，仍想再多走一段：「再走到前面那個轉角」，「前面那個眺望點」，「前面那棵大樹」，「就只再走兩百公尺」「再多停十分鐘」等等。我有一種感覺：他一出門，尤其一到山中，就不想回家了。

　　就這樣，我走了不少地方，也行過一些山路。而路，是不會白走的。走得路愈長，內心愈覺充實；愈高，風景愈奇。握緊手杖，邁開腳步，走去山中。用身體去感受大地的高、闊、廣，從中發現自己的潛能和侷限；由雙腳走出一條高低起伏的、屬於自己的經緯線。

　　從登山的經驗中，我又體悟到「安步當車」、「隨遇而安」的意義。如果我急於走到目的地，或是太在意路的長、坡的高，往往無法放鬆身心，欣賞當下。相反地，若是我以珍惜好奇的心去觀看相迎而來的花草雲山，我常常驚訝地發現，不知不覺中我已走了好一大段路了，而且還不怎麼費勁呢。有一次，我們遇到一對年輕夫妻帶著兩個孩子也在爬山，HK羨慕地說：「這些孩子邊走邊跳還邊講話，多麼輕鬆愉快啊！」我馬上接腔：「因為他們沒有煩惱啊！玩的時候盡興玩，走累

了，天不管地不管，躺下呼呼大睡。不像我們，想著明天的工作，擔心下個月的帳單，一大堆的心思壓力，當然輕鬆不起來嘍。」我當時心裡想著而沒有說出口：小孩子還少了樣煩惱──不用看地圖。

通常我喜歡登山回家後再查看地圖，如此，地名、數字和景物會更具體好記，我也可以藉此再次回味走過的路：這個叉口我們稍作休息，這個山坡我們驚見一隻野鹿，這個湖邊開滿了白如棉絮的野花……這樣，地圖不只是紙面上的圖案，它變得立體生動起來，因為它和真實的、行走過的山和水結合，也因而具有氣味與聲響。

屋子裡有各式各樣的地圖，有些紙質細密，製作精美，拿在手裡，真是賞心悅目。冬季夜晚，窩在暖暖的沙發裡瀏覽地圖和手冊，想像也隨著翩翩起飛。由深綠色的山谷，攀向淺綠色的坡脊；顏色轉白了，有些森嚴，那是高聳的雪山峭壁。趕快下來，進入一個小鎮裡，看看當地的傳統灰石木屋。鎮中央的廣場上，一口水井日日夜夜流了百年……窗外，白雪鋪天蓋地。春暖時，青草野花冒出頭來，路徑也就顯現了──起伏宛延，如地圖般精彩，美麗。

懷抱汐芷

　　第一次看到汐芷時，我的心頭微微一顫，全身毛細孔彷彿全張開，輕輕地吸著氣。之後每一回到汐芷，也同樣地欣喜愉悅。這究竟是個什麼樣的地方，能讓我不斷感動？

　　汐芷的全名是汐芷瑪麗亞，位於茵河谷地上源，介於山道「尤利亞」與「瑪羅亞」之間。左擁汐芷湖，右枕思瓦帕嫩湖。兩側高山聳立，峰頂常見積雪；即使盛夏，亦清幽涼爽。汐芷湖的一汪好水，把此地映襯得明麗柔媚。

　　汐芷湖無疑是茵佳汀山谷的一顆明珠，溫潤晶瑩，叫人無法不愛。每回上山，我們總要去湖邊走走。湖邊有幾個長板凳，走累了，坐下來，換個姿勢和心情賞湖。這裡，你可以「坐擁」整個汐芷湖，從容閒適地觀賞天空水面的萬千氣象。這兒，山夠高，水夠闊，雲有情，風有意。大塊空間，上下縱橫，提供它們舞台，任由盡情揮灑，伸舒繾綣。這兒的空氣、水草、光線會讓你自然放慢速度，放鬆肌肉神經，讓你舒懶地不想起身離開。

　　有一回，我坐在木椅上等HK，一時興起，拿出紙筆勾描了眼前的景象：層層山峰像多重手臂環抱湖水，把汐芷湖圈成一個橢圓形，「掌上明珠」似的呵護疼愛。當天稍晚經過鎮上的美術館，門上貼的一張油畫海報正巧也是相同的取景角度。驚喜之際，不免會心一笑：這般的景色，當然不乏有人要為之著迷、為之記錄的啊！

　　正想著，拐進一條舒敞的街道。偶一抬頭，見有指標寫著：「尼采紀念館」。我微微一驚，順著指標方向望去，看到一棟小巧的兩層樓獨立房舍，屋後林木蓊鬱。既然立了紀念館，就表示尼采不只來過而已，我竟未曾聽說。趨前仔細一看，大門上方一塊石牌刻記：「尼采曾客居於此——1881至1888年夏季月份」。那麼就進去瞧瞧吧。館內收藏了不少手稿照片，陳述德國哲學家與當地的淵源。今日的紀念館原是普通的農家房舍，一世紀前因安頓過稍後才名聲揚播的尼采，使它不僅得以保存下來，更在歷史上有了一筆記載。窄窄的木梯通往樓上，哲學家住過的房間小而簡樸。天花板很低，書桌，矮床，衣櫃，此外別無長物。倒是一排窗戶盈盈笑著，請進了陽光，也拉近了遠山。老舊的地板在腳下「吱嘎、吱嘎」發響，似乎提醒我們，多少個無法入眠的夜晚，哲人在房內來回踱步、深思沉吟。冷冽的空氣，嚴峻的高山廓影，使哲人思路清

晰，靈感湧現。他在書桌前坐了下來，奮筆急書，寫下了生命中極重要的篇章。這段歲月，是尼采在學術和創作上的高峰期，而此地的山水對他的思想和心靈更發出了深沉又清亮的鳴響。

要瞭解尼采與汐芷之間的感情，必須先回頭看這段因緣。尼采二十四歲時獲得瑞士巴塞爾大學聘用擔任教職，二十七歲發表第一本學術著作《悲劇的誕生》。年紀輕輕、才華揚溢的尼采，卻受眼疾頭疼折磨，而且病症與日俱增。同事知道後，建議他到東部山區休養。他採用了這個建議，出發了。卻未曾料到，這條通往高山的道路，自己將在日後不斷地渴望，一次次前往。

第一次踏上阿爾卑斯山時，尼采興奮地呼叫：「啊，空氣！高山清涼的空氣！」他仰起頭，挺直長期伏案的背脊，深深吸了幾口氣。和煦的陽光照亮他蒼白的臉，他感到體內湧出一股力量，一股他所需所企的生命活力。就這麼神奇般地，大自然撫慰滋養他疲累生病的身軀，他的健康狀況明顯好轉。頭疼減輕了，不再嘔吐了，那真是輕鬆愉快，真是失而復得的幸福。

尼采形容自己是山岳攀登者——他的體力和視力其實只允許他散散步而已。不過在精神層次上，他自覺衝破煙障迷霧，

登上清朗明澈的山巔；那兒，「遠遠高於一切人類瑣事」。那樣的「高度」更是尼采愛用的譬喻，也為日後的「超人」理念埋下了種子。在尼采的想像中，「超人」是勇於不斷自我超越、尋求新價值觀的理想人類。高山之於尼采，還意味著一種身心上的解脫。尼采風塵僕僕遠走山區，也為了逃離十九世紀末漸趨喧囂的工業化的城市文明。登高，為了躲避低俗。山上和山下，成強烈的對比：山上，是自然的廣闊渾樸；山下，是虛表的物質競技；山上，是沉靜清空；山下，是喧嚷沸揚。一個「形而上」，一個「形而下」。休養，不僅是身體上的，更是心靈上的。

　　一次又一次，尼采來到他所心繫的高山，企盼自然的慰藉與淨化。有時天候不佳，冰雪封道，馬車無法上山，哲學家在旅舍裡焦躁地等待，等待一日雪融路通，馬車揚鞭啟動，輕快上路。一踏上高地，他立刻又活起來了，又可以順暢呼吸了。這兒是他的山水，他的家鄉；尤其是沙芷，讓他感到內在的恬適安定，一種回到家的歸屬。一個清爽的十月天，尼采寫道：「大自然裡有許多更壯闊更美麗的景物，然而『這裡』卻與我的內心貼近，與我相親相繫——血親一樣的關係，甚至更勝於此。」

　　尼采在巴塞爾大學只工作了十年，他的健康狀況迫使他在

三十五歲時辭去教職，過著名符其實「退休」兼寫作的生活。汐芷之於尼采，無疑是一個歸隱休養的理想所在。或許我們可以這麼猜想，在他憤世嫉俗的心靈深處，其實一直在尋覓一個可供身心休憩的家。一而再地，尼采告訴友人，汐芷才是他真正的家，他的窩。而這個窩又具有啟發性：在汐芷，尼采不僅發掘山水之美，更在山水中發掘了自我。他的所在是如此的靜，如此的高，又如此孤寂，以致他可以清晰地聆聽自己內心的聲音。也唯有在如此渾樸沉澈的自然中，他才得以向內觀看自我，脫落虛表，展現本質。於是所有潛藏胸懷間的丘壑溪澗，都轉化成文字奔流而出。此時此刻，哲學家與大自然融合為一。山水與人心相通，如此的情境近乎神聖。這也許是為什麼，尼采形容他遠離現世的山居生活是「禁地漫遊」。我可以想像，這個孤僻的、不合世俗的哲學家以幾近虔誠的心走向山峰，走入自然的神殿，融入宗教性的寂靜中。尼采曾強烈批評基督教，並喊出「上帝已死」的主張，其真正用意是對行之已久的道德觀和宇宙秩序提出質疑和批判。他認為，人類在基督教教義下變得依賴而軟弱，如果接受「上帝已死」，就較能甩掉過去的陳舊包袱，進而去思考新價值的可能，學會為自己創造新生。尼采反基督教，並不表示他不具有宗教情操。他不斷地從自然中汲取能量與啟發，在我看來，他比大多數有宗教信

仰的人更要接近「神靈」。

　　然而，這樣的人通常心靈很苦。長期慢性疾病的折磨加上思想論述不被理解，尼采始終抑鬱不快樂。中年後他開始出現精神異常徵候，五十五歲時走完孤獨的一生。尼采大概沒想到，自己的哲學思想竟在日後廣受討論，更不會料到，他身後的名氣成為一項觀光資源，讓汐芷多了一個可供參訪的地點，也讓秀美幽靜的山水增添了一些哲學思辨的玄機。尼采在一個多世紀前走過的小徑林道，現今增加了許多豪華飯店。小鎮的教堂依舊，鐘聲「噹噹」迴響山谷。遊人到鎮上逛時，或許會去參觀一下「尼采紀念館」，或是看到紀念館指標時，腦中有幾秒鐘的時間閃過這個怪異的哲學家。細心的遊人若在汐芷湖半島散步，會注意到一棵古松樹的樹幹上釘著的小木牌，上面刻寫尼采的一首詩：

　　哦，人們啊！請聆聽
　　沉沉的暗夜在說些什麼？

　　我熟睡，熟睡……
　　自沉沉的夢裡，我醒來：
　　世界一片深沉

比白晝，所想的，還要深沉。

深沉的是它的痛苦，它的欲望
比心痛還要深，還要沉
痛苦說：「逝去吧！」
可是啊
欲望渴求永恆
深深、沉沉的永恆

這個伸向汐芷湖的小小半島，是尼采常常駐足凝思的所在。這兒住著他的藝術精靈，這兒也是他的家，他的窩。因此我總相信，他的靈魂一定飄盪在這片山林水澤間。夜晚，汐芷沉臥於暗寂的群山懷抱。風起時，松樹沙沙作響。隱隱約約，半島上似乎飄來哲人的吟誦：哦，人們啊！請聆聽……

聖莫里茨 一則傳奇

你或許不知道茵佳汀，卻一定聽說過聖莫里茨。我的情形就是這樣。

十多年前我跟朋友在瑞士東部遊覽，就因為久聞聖莫里茨大名特地去了一趟。老實說，我當時只大約知道聖莫里茨曾舉辦過冬季奧運賽，也是著名的度假與休養勝地，有錢有名的人很多，就像一些小說裡所描寫的那樣。

我記得很清楚，那是一個陽光璀璨的夏日午後。車子從山路駛近聖莫里茨時，遠遠地一灘白亮亮的湖水躍入眼內。越往前開，越見旅館飯店聳立，一家比一家氣派，一家比一家顯眼。我當時大概被太陽曬得有些熱躁，對這些旅館飯店厭煩極了，當下決定離去。等車子開到一個綠幽幽的湖邊（幾年後我才知道那地方叫香翡），我才平靜了下來。那一趟聖莫里茨之行，蜻蜓點水似的，卻留下一個片面又負面的印象。

後來我因常去茵佳汀，也就有機會多認識聖莫里茨。那兒，我最喜歡兩個地方，塞崗提尼美術館和糕點咖啡店「韓舍

曼」（Hanselmann）。韓舍曼是一家百年老店，褚紅的外牆繪有金色圖紋，典雅華麗。一進門，先是各式的甜點和巧克力巧笑相迎，同時間，咖啡的香氣又已充滿嗅覺。這時的你無力思考，也不想思考，只想找個位子坐下來，讓自己被這些愉悅的感官所溶解——只不過要找到空位子，常常還得碰運氣。我尤其喜歡冬天時來這兒喝一杯濃濃的熱可可，純厚而不甜膩，入口後順著下滑，讓人有一種冬天特有的慵懶舒服的滿足感。我喜歡韓舍曼，還因為它獨特的氣氛。幾次去，總遇到那位六十歲上下的女服務員。來客再多，她從容依舊，不疾不徐。客人不會說德語？沒問題，馬上轉換成英語。對意大利人她應對流利。法語？那更不用說了。她周旋於桌椅間，就像在自家客廳待客一般。有一次我點了杯熱可可，她問我要不要加攪打過的鮮奶油，我正猶豫著，她說：「加一朵吧！味道更香醇哦！」我馬上點頭說好。她就有這樣的本事，用一種像自己阿姨給與建議般的語氣，讓你不得不信任聽從。熱可可端來了，上面浮著一朵乳白的奶花；啜飲一口，果真美味。我滿意地笑了起來，她也回以溫暖的笑容。另有一次，鄰桌的男客人邊喝咖啡邊看平板電腦，她經過時瞧見了，之後走回來把一份報紙放在男士的桌上並對他說：「我們有這份報紙哪。要看就看真正的版本吧！」

　　我們住的地方離聖莫里茨不遠，況且往汐芒或瑪羅亞方向去，一定要經過聖莫里茨——我們通常就是經過而已，很少進鎮上。對我來說，聖莫里茨既近又遠，既真實又虛幻；它明明就在十幾分鐘的車程距離內，卻已是另一個世界。它是一個前有湖、後有山的世外桃源，又是一個貴氣奢華的金粉世界：五星級飯店、高檔的珠寶鐘錶行、頂尖的名品店，一家挨一家拉開門面，在海拔一千八百五十六公尺的山中小鎮上較勁爭放。而不遠處，農家的牛隻在山坡上慢悠悠吃草，一派牧野風情。聽說，許多富豪乘坐私人客機從世界各地前來，飛機停降在颯梅丹機場。難怪茵佳汀的天空除了飛鳥外，也常見飛機直升機的蹤影。

　　我第一次冬季去茵佳汀時，HK的妹妹也在山上，那是耶誕及新年假期。除夕下午她突然問我們：「你們今晚要去帕拉斯飯店吃飯嗎？」她的聲調拉得很高，像重大事件宣佈前吹奏的小喇叭。我已久聞帕拉斯飯店（Palace Hotel）之名，此刻更豎起耳朵來。HK的妹妹揮了揮手中的一份地方報紙繼續說：「帕拉斯飯店今天有除夕晚宴，每人的基本消費額一千五百瑞士法郎，香檳酒無限量供應，通宵達旦……」正當我暗暗換算一千五百瑞郎究竟有多貴時，我看到她對著報紙搖了搖頭，一副不可思議的表情，HK則咕噥了幾句，什麼「那些人錢太多

了」之類的話。當晚，我們還真去了帕拉斯飯店——當然只是
經過而已。HK和我要去結冰的聖莫里茨湖上看煙火，剛好停
車的地方離帕拉斯飯店不遠，我們一定會路過。那天晚上冷至
零下十八度，我雖穿了厚暖的鞋子和毛襪，寒氣還是很快就穿
透腳底。路面很滑溜，雪結成了冰，走上去戰戰兢兢。我低頭
走路，沒注意帕拉斯飯店已在街對面。這時，兩個年輕女子嘻
笑著從右邊的斜坡走下來，她們敞開的貂皮大衣下，深色晚禮
服閃著絲光；長裙擺動時，鏤空高跟鞋上的水鑽乍隱乍現。她
們相互攙扶，靠邊的那個一手扶著路邊的欄杆來保持平衡。這
樣的穿著走在結冰的斜坡上，她們自己大概都覺得好笑。我側
過身子讓她們過馬路，這才想到，她們是要去帕拉斯飯店參加
晚宴的吧。順著她們的身影望過去，飯店門前幾輛黑色轎車把
聖誕燈飾反照得璀璨又迷離。我低頭看看自己身上的衣服和鞋
子，想到安徒生童話故事中那個賣火柴的女孩——在火柴擦亮
的瞬間，瞥見了一個炫麗虛幻的影像。

　　在結冰的湖上看除夕煙火確實讓人難忘；讓人難忘的還有
那徹骨的寒冷。我和HK也像其他人一樣，舉杯迎接新年，互
道祝賀——不過我們喝的不是香檳酒，而是裝在保溫瓶裡的熱
茶。

　　聖莫里茨的名氣和貴氣，很難讓人充耳不聞，睜眼不見。

雖然我們不喜歡湊熱鬧、趕時髦，但我也必須承認，聖莫里茨令我好奇，也令我迷惑。每當我們沿著湖邊開車經過時，我常不自覺地朝帕拉斯飯店的閣樓尖塔望去。我常想，那裡面上演過多少傳奇般的故事，留下多少歷史名人的足跡，又舉辦過多少晚宴盛會呢？

　　然而，為什麼是聖莫里茨？光是瑞士，風景優美的度假勝地就有好幾處，也有響亮的名氣。但聖莫里茨似乎就是不一樣。是什麼讓聖莫里茨與眾不同，賦予它華麗又神祕的織錦？

　　無意中，我在客廳書櫃裡發現一本介紹聖莫里茨的德文書，一九六八年出版，作者是Curt Riess。我讀了幾頁後就停不下來了，原來今天的聖莫里茨背後有那麼多豐富有趣的故事人情。這個山中小鎮似乎命定中要成為一個著名的舞台：美麗的山水、豪華的飯店提供理想的場景；多少衣冠楚楚、風流不凡的人物登台亮相，搬演出連連好戲。時代更易，聖莫里茨的風貌亦隨著改變，但不變的是，一個半世紀以來，它一直璀璨亮麗，吸引人們的注目，也讓人們趨之若鶩——不論是演戲的還是看戲的。

＊　…………＊　…………＊　…………＊　…………＊　…………＊

　　故事，起源於一股泉水。根據考證，這股湧自地底的水源在三千四百多年前已被汲取飲用。它非比尋常，不知到底蘊涵

了什麼物質，讓人們相信它有治病的功效，視如神水。西元一五一九年，教宗雷奧十世在聖莫里茨主持赦罪儀式。瑞士的鄰近國家來了許多貴族公卿，其目的是雙重的：懺悔贖罪獲得心靈平安，外加喝一口泉水以滋養身體。教宗雷奧十世想必精於謀算，因而成就了這次三贏的結果。

十六世紀中葉，瑞士名醫帕拉塞爾蘇斯（Paracelsus）認定聖莫里茨的泉水為炭酸泉，大力推崇它的醫療保健功效。十七、十八世紀裡，歐洲貴族（不是瑞士人，更不是當地的老百姓）到聖莫里茨作療養已成風尚；先是男士，漸漸地女士們也多了起來。許多身分顯耀的貴婦悄悄來到瑞士高山，因為她們不該懷孕而懷孕了；更有的不遠千里而來，因為想要懷孕而未懷孕。同一股泉水，竟要滿足完全不同的需求，真是神奇！療效如何，書上並沒說。但是既然人來不斷，又持續那麼長的年代，應當不是空有其名而已。假若沒有好口碑，那些王侯貴婦們不會老遠跑這麼一趟，尤其當時的交通和住宿皆不便，而整個療程又需要至少半個月以上的時間，每天還得灌下幾近十公升的泉水呢！

聽來不可思議，聖莫里茨的泉水療法已經遠近馳名很久了，但水源所在地的設備卻長期以來應陋就簡。你可以想像，在一間僅能容納十個人左右的小屋子裡，紳士淑女們擠向盛水

容器邊，手中握著杯子，等著管理員用一根鐵勺舀起泉水，然後注入他們的杯中。這間簡陋的小屋子，直到一八三一年才被改建成較為寬敞的「飲水廳」，卻依然無法提供住宿，旅客大都借宿農家。一八五六年，聖莫里茨終於有了第一間正式的旅館，接下來的十幾年間，其他的旅館陸續興建開張，像是寒冬長眠後，草地上冒出頭的春花，抑也抑不住的，茂盛而華美。聖莫里茨走入了新的紀元，金錢和名聲像是汨汨湧出的泉水，漫延開來，滋養了從此又名為「阿爾卑斯山高地療養勝地」的小鎮。泉水除了飲用外，也用來泡澡，St. Moritz Bad的地名一直延用到現在（德文的Bad相當於英文的bath）。有了舒適的旅館，來客更多，也停留得更久。他們看到了茵佳汀的秀麗風景，傳揚出去，為文推崇，例如音樂家華格納和哲學家尼采。

　　這一切還只是開端而已。一八六四年歲末，有個人促成了一樁事，使聖莫里茨更上一層樓，開啟美好的遠景。這個人名叫約翰那斯・巴圖特（Johannes Badrutt），他也是豪華飯店庫勒盟（Kulm Hotel）的創建人。巴圖特其實並非當地人，他的父母在颯梅丹經營一家旅館，他卻把目光投向聖莫里茨。他不顧親朋勸阻，湊足資金頂下一間小客棧，然後改建使之成為聖莫里茨的第一家高級旅館，為小鎮的發展奠下一塊重要的基石。巴圖特費盡心思：如何才能招徠更多的客人？當時，聖莫里茨

只在夏季有遊客，誰會願意冬季時千辛萬苦上到高山？而巴圖特既投下資金蓋了一流的飯店，怎肯一年當中只做三個月的生意。一八六四年九月底，聖莫里茨霧氣濛濛下著雨，更高的山上早已飄雪了。飯店的最後一批住客，十六名英國人，圍在大廳的壁爐前取暖，預備隔天下山。此刻，巴圖特很可能心想，這是最後的機會了，他必須一試。他對房客說：茵佳汀不僅夏天美，冬天也很美，陽光充沛，並不太冷。沒有人相信他的話。英國人啜飲著巴圖特慷慨招待的好酒，不為所動。最後巴圖特提議：「那麼，我們來打賭！」賭約是：英國客人在聖誕節期間來一趟，若是如他所言，他們可以整個冬天住下來，若否，他們的來回車資由他買單。

聖誕節前，四個英國客人冒險上山了。他們先從倫敦坐船到歐陸，再換搭火車到瑞士，最後在庫爾（Chur）轉乘由馬匹拖拉的雪撬上山。他們身上裹著厚厚的皮裘大衣，行李內滿是禦寒裝備。當他們上到茵佳汀時，不但汗水淋漓，還被陽光照得睜不開眼睛。巴圖特在旅館門前熱情接待他們，臉上滿是笑容。四個英國人住了下來，發現聖莫里茨的冬天不但沒有想像的寒冷陰霾，而且美如天堂。他們回到濕冷的倫敦後，紛紛向親朋述說這段經歷，廣為宣傳。聖莫里茨的冬天，像一顆鑽石，被世人發現了。當然，約翰那斯‧巴圖特的名字，也從此

被寫入聖莫里茨的歷史。

　　聖莫里茨的發展，與歐洲的療養文化密切相連。在醫生們的鼓勵下，經濟能力許可者去溫泉勝地治病或休養在當時蔚為風氣，有錢人甚至去埃及的開羅或是意大利的理維耶拉避冬，享受溫暖陽光。只要對健康有益，他們「從善如流」，也捨得花錢。當時盛傳清新的空氣對健康好，後來又有日光療法的理論等，而這一切，聖莫里茨是再理想不過的了：歷史悠久的好泉水，陽光充沛又白雪皚皚的冬天，美不勝收的景色，何況它早已聲名遠播了。

　　冬季運動的興起，又為聖莫里茨增添籌碼。關於這點，不得不再提一提約翰那斯・巴圖特。他快手腳地興建了一些運動設備和場所，像是溜冰滑道、雪撬坡道和冰上溜石場地（curling）。他又安排各式出遊，組織雪撬競賽。我們無法知道，巴圖特是否有驚人遠見，早預知冬季運動的前途。可確定的是，他做這些首要為了提供房客消遣娛樂。他的早期客人多數來自英國，而英國人喜愛運動，同時也引進了一些新興運動。接下來的十幾年間，各式各樣的體育活動在茵佳汀發展得生機蓬勃，各種俱樂部成立，各項聯誼、比賽組織起來。聖莫里茨不僅是療養者的天堂，更是愛好運動人士一展身手的理想去處。冬天的聖莫里茨，簡直比夏天還熱鬧。

　　一八九六年七月二十九日，帕拉斯飯店開張營業，老闆是約翰那斯‧巴圖特的兒子卡斯杷。當地人最初不習慣那樣的龐然大物，對建築風格也有意見，但不久後他們也就看順眼了，最後甚至認為就該是這樣。帕拉斯飯店非常成功，生意興隆；不僅為地方上帶來經濟利益，更為日後的聖莫里茨提供了一個重要且華麗的舞台。

　　帕拉斯飯店的顧客，主要來自歐洲國家的上層人士，他們不辭路途遙遠，攜家帶眷而來──「家眷」說得精確一些，除了妻子孩子外，還包括侍從管家女僕保姆等人。行李少則二十件，多則四十餘件，至少需要一天的時間開箱就緒。隨從的僕人也住在飯店內，但食宿與主人分開。有一點很特別，而且就我看來非常聰明的做法是，所有的客人同桌用餐。可以想像，飯店得用多少張方桌子去排成一個長不見底的餐桌，然後鋪上白桌巾，放上銀燭台。坐位順序由住宿日期的長短來決定，新來的房客坐桌尾，來得愈久的坐得愈前面。上菜服務當然由上首的客人開始。帕拉斯是一家頂尖的飯店，餐點的豐盛不在話下。午餐通常六道菜：前餐、魚、肉、家禽、甜點和奶酪，晚餐有八或九道菜，有時甚至多到十二樣。然而這裡關係的不是食物本身，而是先後順序的心理問題，這對於有錢有勢的人來說尤其重要。所以囉，他們必須住得夠久，等前面的客人一一

離去後，就輪到自己往前進級了。不過同桌用餐也可能是當時的習俗，房客們可以藉此相互認識和交流。

二十世紀初，聖莫里茨的遊客除了歐洲人外，美國人也增多了。值得一提的是，瑞士人也加入了度假的行列。當時居民僅有一千多人的聖莫里茨，已見慣了來自各個國家的君王貴冑，其中包括德國王儲威廉，瑞典國王古斯塔夫。德國王儲到聖莫里茨時，《茵佳汀郵報》詳細熱烈作了報導；瑞典國王卻行事低調，出入僅使用「Mr. G」的稱呼。有一年夏天，他未預先通知就來了，他慣常下榻的帕拉斯飯店已沒有空房間。當時帕拉斯飯店由巴圖特家族的第三代經營，漢斯・巴圖特當下決定，把自己的套房讓出來給國王住。他的套房正好位在酒吧間樓下，晚上很吵，於是他讓人在酒吧裡鋪上三層厚地毯，並禁止音樂演奏和跳舞。這事傳到了國王耳裡，他找來巴圖特並對他說，如果飯店因他而做出任何更動，他就立刻離開。歌舞又恢復了。據說，國王睡得很香甜。

直到一九一四年夏季初，聖莫里茨對未來仍然抱持樂觀。然而，大戰爆發了。所有的人，不論旅客還是外地來的飯店職員，都急著下山回家，聖莫里茨一片慌亂。慌亂過後，小鎮倏忽陷入沉寂。許多飯店被迫關門歇業，根底厚的也僅能勉強維持。戰爭結束的前一年冬天，情況忽然改變：有名或有錢的

客人出現了。他們之中有的已被廢位、有的是即將被廢位的君王，有外交官，非法商人，更不乏冒充大人物的騙子。他們晚上參加化妝舞會（帶著面具），白天乘雪撬出遊；香檳酒、魚子醬，盡情揮霍；有些甚至拿大面額鈔票作火引，點燃雪茄香煙。他們像抓住一根脆弱的繩索垂懸空中，未來，是不可測知的深淵。天曉得還有沒有明天？他們還能支配這些錢財多久？此時此刻，聖莫里茨成為他們心靈的避難所，隔開外頭的世界，又供應他們及時行樂的機會。最後倒楣的卻也是聖莫里茨：有些人花費過度，最後付不出錢結賬；除了飯店外，很多商店像是裁縫店、糕餅店等都遭殃。

百餘年來，聖莫里茨看著大人物來，看著大人物去。世事滄桑，動亂的時代尤甚。第一次世界大戰已擦近尾聲時，聖莫里茨出現不尋常的客人。這位客人如果早來一兩年，聖莫里茨必定極盡所能迎接大駕，此時卻希望他快快離去。原本尊貴的奧匈帝國皇帝，現今倉皇逃亡。瑞士當局不願意得罪鄰國，要求他儘速離開。類似的情形也發生在一九一七年俄國革命後，昔日的貴族流亡國外，有錢人瞬時一貧如洗，驚駭中夾雜著感歎：他們至少保住了性命！沙皇尼古拉一世的嫡孫亞歷山大就是其中之一，不過他另有一段際遇，而且與聖莫里茨有關。亞歷山大逃亡到了巴黎，情況極其窘困。所幸他還帶著一筆以往

收藏的錢幣，如果賣的好，價值可觀。他聽說，日內瓦一家公司有意拍賣他的硬幣，而那位負責的先生不巧往聖莫里茨去了，他只好再從日內瓦趕到聖莫里茨。亞歷山大不僅曾是聖莫里茨的常客，還在帕拉斯飯店有豪華套房。據說他雖貴為沙皇的近親又有極高的爵位，卻不擺架子，因此很受人喜愛。他如今淪落了，住不起大飯店，只能投宿一家簡陋的小旅社。為了找那位日內瓦的經理，他得去一趟帕拉斯飯店。走在路上時，迎面而來的正巧是漢斯‧巴圖特。巴圖特深深鞠躬，問道：「殿下從何而來？」亞歷山大揮了揮手：這個稱謂和頭銜已成過去了！巴圖特不改其恭敬態度，又說：「望殿下賞光！」亞歷山大表示，如果那位日內瓦經理不預付他一些錢款的話，他還不知拿什麼支付旅舍。那天，他沒有遇到他想見的人，回到住處時卻發現房間被收拾一空，行李被送到了帕拉斯飯店。他急忙趕過去，衝進巴圖特的辦公室要求一個解釋。他說：「我如今是一個窮人哪！這裡的消費，別說一天，就是一個小時我也付不起啊！」巴圖特只簡單而誠摯地回答：「能招待殿下，是敝飯店的榮幸！」盛情難卻，亞歷山大只能住了下來。此事為聖莫里茨增添了一則佳話。

　　大戰結束後，聖莫里茨又重現繁華熱鬧。來客中雖不乏王孫貴族，但已非舊日氣象。同時，新階層新面孔出現了，例如

當時尚未被納入上層社會的演藝工作者。喜劇演員卓別林到歐洲巡迴時，在巴黎、倫敦、柏林等大城市被喜愛他的群眾包圍推擠，最後得靠警力相助才能脫身，但在聖莫里茨卻沒有人干擾這位個子不高、舉止優雅的紳士——當然，他在帕拉斯飯店未用本名登記。除了卓別林外，默劇片時代的一些著名人物當時都是聖莫里茨的常客。之後，愈來愈多歐美影劇界的名人到聖莫里茨度假。以《藍天使》一片成名的瑪琳‧迪特里熙（Marlene Dietrich）豔光照人，有如女神降臨，其實私底下她非常親切隨和；導演希區考克幽默風趣、愛開玩笑，他不僅定期到聖莫里茨，更且長達五十年之久。如果要細數曾經到過聖莫里茨的好萊塢影星，像是羅傑‧摩爾，費‧唐納薇等，真是需要一個長長的單子。

那個年代，聖莫里茨不僅是一個高級的度假勝地，更是歐美上流社會聚集玩樂的宴客沙龍。聖莫里茨的豪華飯店內，衣香鬢影，歌舞喧鬧。帕拉斯的酒吧間裡，昂貴的名酒像流水一樣，瞬間暢飲而盡。舉杯談笑的，是富豪或有權勢者；隨著爵士樂翩翩起舞的，不乏有頭銜有美貌的人物。此地，代表高貴身分與奢華品味；已來過的，還會一而再來，甚至一待就是好幾個月；尚未來過的，尤其是講求時髦者，更慕名而來，希冀見識這個「光圈」。常有的情況是，有些人已準備離去，因聽

說某某王妃、某某被廢位的王子隔天要來，臨時更改行程多留一天再走。除了一睹名人風采外，也為自己留下難得的經歷、日後津津樂道的話題。

　　二〇和三〇年代，聖莫里茨有如金子一樣美麗、閃亮。除了豪華飯店外，私人別墅也漸漸多了起來。冬季運動的興盛，更為山上帶來遊客與繁榮。一九三五年，世界第一台滑雪纜車在聖莫里茨啟動運轉。一九二八年冬季奧運會時，二十五個參賽國的選手匯聚在聖莫里茨，再加上教練、工作人員、記者還有觀眾等，把一個小鎮搞得熱鬧又興奮。從今日的眼光來看，當時的奧運實在是小場面。場面雖小，該有的設施都齊備了。而且就因為小而簡，活動的主旨和精神才沒有被模糊掉，不像今日過度膨脹的廣告與無所不在的商業競逐。從黑白檔案照片看來，當年的奧運開幕式既溫馨又莊嚴。

　　走過二十年的繁華，戰亂又起。第二次世界大戰期間，聖莫里茨再度人走城空。與一次大戰不同的是，這次人們早有心裡準備：戰爭遲早要來，而且非短期內會結束。話雖如此，對於倚賴旅客為生的聖莫里茨來說，這簡直如同世界末日。太平歲月的繁華與戰爭時期的清冷，其差異，就像是舞台更換佈景一般，快速又強烈。之前，聖莫里茨是話題和焦點，如今，它像是被遺忘的孤島。人們甚至擔心，戰爭結束後，聖莫里茨能

否恢復舊觀。其實，正該感謝聖莫里茨遠避高山的地裡位置，才能讓它在戰爭的風暴中保有難得的寧靜。

戰爭初期山上有這麼個議論，萬一希特勒攻打瑞士而瑞士又抵抗不住的話，勢必退守山區造成難民潮。然而逃難的民眾沒來，卻來了一批瑞士軍隊駐紮在已關閉的格藍德飯店前——因為當時莫索里尼已向同盟國宣戰，而意大利邊界僅在數公里之外。

意大利軍隊並沒有翻越邊界，納粹也沒有攻打過來，戰爭也終於結束了。聖莫里茨接待的第一批來客，出人意料之外，是無法行走、甚至無法說話，從集中營死裡逃生的重傷者，被安排到山上療養復健。不久後，留守歐洲的美國大兵也出現了。美國沒有完全撤軍的理由，一者是納粹餘黨可能東山再起，再者是蘇俄對歐洲的野心讓戰勝的同盟國警戒。為了安撫打完戰了卻不能返鄉的美國兵，有人想出這個點子讓他們到瑞士休假。他們之中有幾個先來到聖莫里茨，接著很多人也跟著來了，有些甚至開吉普車上山，造成一陣轟動。

遊客漸漸增加了，而且多數是瑞士本國人。後來零星的英國人也來了，接著意大利人加入。以往遊客人數最多的德國人要等到一九四九年冬季，也就是德國貨幣改革政策之後才又出現，並且以驚人的速度增長。聖莫里茨這個龐大的國際性企

業要再啟動營運，非一朝一夕的事，背後有很多人的努力與貢獻。飯店一方面要把客人找回來，一方面又有人手不足的窘境；許多已退休的當地居民都加入了工作行列，各盡所能。這段期間還有一個特殊的現象：遊客們都很安靜而知足，他們耐心排隊等纜車，不爭先恐後，不高聲喧譁。他們靜靜享受眼前的美好，再也不用躲空襲警報，再也沒有飢餓恐懼了。

　　這裡還需要提一下一九四八年的奧林匹克運動會。二次世界大戰後的第一場冬季奧運在聖莫里茨舉行，當然有其理由：瑞士是中立國，聖莫里茨又有舉辦奧運的經驗。籌劃這場奧運會卻是一件棘手事，從一開始就讓主辦單位傷腦筋。首先，讓哪國參加？哪國不能？德國、日本排拒在外；奧地利得以觀察員身分參加；俄國是戰勝國，當然要邀請，但俄國卻自願當觀察員。美國又鬧雙胞案，派出兩個代表隊。運動場內競賽激烈，場外亦是沸沸揚揚。聖莫里茨的主辦單位要應付台面下的政治陰謀，台面上的權勢角力，被搞得焦頭爛額。瑞士政府還又加上一腳，要在開幕式後以地主國身分作東宴客。問題是，席位怎麼排？誰坐在瑞士聯邦官員的旁邊？各國的奧委會代表認為，既然事關運動競賽，他們就理應坐首位。官方人士不贊同，哪有體育代表在先、部長官員在後的道理？軍方代表也有意見，戰爭期間，他們的功勞最大，沒有他們，哪有今天的奧

運會？這個難題，最後巧妙解決了，不是由哪個代表、委員或政治人物解決的，而是由一個生意人——帕拉斯飯店的老闆漢斯‧巴圖特。他打開這個難結的方法是：根本不要排席次，用自助餐取代晚宴，每個人愛坐哪兒、在哪兒找到位子，就去坐那裡。這個看似簡單的主意，卻沒有任何其他人想到過。

各國慢慢地從戰後復元，聖莫里茨也再度活躍起來。表面上看，一切又復如往昔，實質上卻有差異。一場長年戰爭打下來，讓人們對旅遊和度假有股強烈的渴望與需求，「大眾觀光」一詞因應而生，反應數目龐大的旅遊人潮。旅客的人數增多，但停留的天數卻減少。大戰前，來的都是常客，一住至少一個月，貴婦的行李箱裡裝著二十多件的晚宴服。如今的客人不僅來聖莫里茨，還去其他地方，只停留三、四天就走了。此外，旅客的年齡層也降低了。他們要的是派對、熱鬧、樂子。他們起的晚，吃的晚，作息時間往後延，甚至不到大廳晚餐。以往飯店房客同桌用餐的傳統，已走入歷史。

然而，聖莫里茨還得繼續往前走，並且要走得精神抖擻。進入一個快速求新求變、凡事講求行銷策略的商業時代，如何吸引遊客不斷前來，如何維護百年聲名不墜？聖莫里茨從很早就知道，光靠好山好水是不夠的，更需要永續經營的理念和持續創新的動力。關於這一點，約翰那斯‧巴圖特在一個半世紀

以前，在「行銷」、「創新」這些商業術語尚未流行的年代，
已為聖莫里茨樹立了企業經營的理念與典範，同時開創了幾項
「第一」的記錄。首先，他興建並營運阿爾卑斯山第一家豪華
飯店，提供等同於倫敦巴黎等大城市一流飯店的舒適與服務，
因而開啟聖莫里茨「高品質」的聲譽。其次，他發掘了冬季的
商機並引出「高山冬季度假」的概念，進一步促成冬季運動的
蓬勃發展。高山冬季運動的風尚由巴圖特的手中撒種，散開到
整個阿爾卑斯山，再擴散到全世界，而有日後的冬季奧運會。
巴圖特又是把電燈引進瑞士的第一人，換句話說，瑞士最早有
燈光照耀的地方不是大城蘇黎世或日內瓦，而是山上的聖莫里
茨，也就是在庫勒盟飯店的大廳內。巴圖特沒有受過專業教
育，甚至大半輩子都待在山上，卻展現驚人的創新能力與傑出
的經營才能。後續者在這樣的理念和方向下持續擴展，一方面
把聖莫里茨建設成一個進步舒適的度假勝地，一方面維持聖莫
里茨小而精、優美又奢華的特色。

　　＊ ………… ＊ ………… ＊ ………… ＊ ………… ＊ ………… ＊

　　我漸漸明白，為什麼對許多人而言聖莫里茨是「唯一」的
選擇——尤其在「大眾觀光」時代以前。對於想要避開塵世喧
囂的名人來說，到聖莫里茨既可以暫時「隱姓埋名」（例如瑞
典國王或是卓別林），同時它的高貴與格調又讓他們「不失

身份」。反過來，聖莫里茨又像是一塊被公認的純金招牌，讓喜歡炫耀的野心人士展示他們的成就與財富。就像不久前我在蘇黎世的某個場合遇到一個韓國女人，她的先生是南韓某汽車公司在瑞士的總經理，談話中，她迫不及待從塗滿桃紅色唇膏的嘴裡說出：「哦，對了，我們最近在聖莫里茨買了一間公寓。」目前聖莫里茨的居民約有五千人，但是定期到山上度假的「常客」卻有好幾萬人，其中不少在聖莫里茨擁有自己的別墅、房子或公寓，而且多數是外國人。他們之中有流亡貴族（如前波斯國王），企業巨子（如別號「石油大王」的Marc Rich，飛雅特汽車老闆，時尚名牌古馳家族）。想要跟名流作鄰居、成為聖莫里茨的一員「常客」，或是跟聖莫里茨沾上點邊的，絕對大有人在，因為聖莫里茨本身就是一個世界性的名牌。

聖莫里茨的標誌是一個散發光芒的微笑太陽，加上線條婉轉有致的「St. Moritz」字樣。這個結合圖案與文字、簡單而含義清楚的標誌，一九三七年時已在瑞士聯邦政府登記註冊成專利。當時著名的《應用美術》月刊認為它開啟了觀光「企業識別」的新概念。一九八五年，聖莫里茨的太陽圖騰與文字，連同聖莫里茨的名稱，整體被當作一個「品牌」而納入智慧財產權。在此之前，地理名稱屬於公共財產不受到保護。換句話

說，聖莫里茨又再創下了一個第一。

　　那麼，聖莫里茨這個地名究竟從何而來呢？德文的「莫里茨」原是拉丁文人名Mauritius，亦是羅馬帝國一個軍團首領的名字。據傳說，他拒絕攻打信仰基督教的日耳曼民族而於西元二八五年遭受處決，成為基督教的殉道者，後來受封為聖人。中世紀時，殉道的聖莫里茨在德國極受尊崇，也是德國人把這個名稱擴散到阿爾卑斯山區的。十二世紀時瑞士庫爾地區的主教在茵佳汀蓋了一座教堂，以聖莫里茨命名；幾戶人家接著在教堂周圍建屋群居，日久後形成了一個小村鎮。教會選在偏僻山上建教堂，想必因為那股好泉水。這兒也果真地靈人傑，發展成全球著名的度假勝地。

　　每年冬夏兩個旺季，總有好幾十萬人到聖莫里茨旅遊或度假。卻也有人刻意避開聖莫里茨，因為那裡太喧囂，太閃亮，不是貂皮大衣就是私人客機。況且少了歷史風流人物，多了湊熱鬧的暴發戶，聖莫里茨早已今非昔比。然而另有些人認為聖莫里茨的獨特氣質與華麗身段既非一朝一夕可得，亦非一朝一夕可去；聖莫里茨本身，就是一個絢麗的傳奇。

　　或許正因為這個時代瞬息萬變，才更讓我們對聖莫里茨投以既懷舊惆悵又期待的一瞥吧。

　　我呢，在閱讀了聖莫里茨的歷史和軼事後，決定下次去一

趟，好好地拜訪這個我常常過而不入的地方。聽說，鎮中心的小廣場上有個紀念聖人莫里茨的水池和雕像，可是我幾次經過卻未曾留意啊。

湖光山影

　　瑞士多山，湖泊也不少。湖光山色，清波帆影；遊客衝著這般秀麗風景，打從世界各地而來。高山上的湖泊又隨地勢、岩礦和冰河等因素而有不同的風貌。它們通常不很大，有些還得費點功夫才能走到。那兒，湖清水冷，少了渡船來往穿梭、遊客戲水喧鬧，湖泊藏臥山林中，更有塵俗不沾的澄澈幽美。

　　到茵佳汀，一定不會錯過汐芷湖、思瓦帕娜湖、香翡湖和聖莫里茨湖。茵河流入又穿出，將幾個湖像寶石一般串連起來，鑲綴山谷中，讓人一到此地，先就眼睛一亮。來來回回，我不知經過湖邊多少次了，卻總也看不厭。尤其是夏季，每當汐芷湖一入視野，我的心就像頓時浸潤在柔柔碧藍的水波中一樣，寧靜舒暢。湖的顏色隨天光時令而變化萬千。有一次黃昏時經過，橙紅的天空把一汪湖水映照得瑰麗奇美；波濤起伏，竟有股悲壯的氣勢。

　　若登上莫他是慕靄山頂往下眺望，幾個湖連同較近的石打翠湖盡收眼底。從這個角度看下去，它們一個挨一個的，成了

四片水光，閃爍在茂密森林裡。畫家塞崗提尼曾從山頂取景，畫下了巨幅的牧歸圖：大片昏黃漸暗的天空下，山峰湖泊被壓得低低的，遠遠推到地平線盡頭。這樣的背景前，小徑上牽趕牛群回家的牧人夫婦垂著頭，顯得疲累沉靜。如果看過這幅油畫再登上慕靄山頂一望，難免不驚呼：「啊！原來在此！」

碧昂可湖位在伯寧納山道的頂點，鐵路和公路都經過，遊客坐在車裡就能一覽湖水的美麗與奇特——雖然大多數的火車乘客都不禁起身欣賞或探頭窗外拍照。碧昂可是義大利語，意謂白色。這個由冰河融雪所形成的湖，確實是乳白略帶青綠。所以如此，乃因冰河在融化過程中分解了岩礦，被融解的礦物質使湖水呈現獨特的乳白色。事實上，冰河痕跡在鐵公路對岸的山壁上仍清晰可見。距離碧昂可湖不遠處也有一個小湖，湖水卻是藍色的，可見它們各有「來頭」。兩湖一大一小，一白一藍，一沉一清，對照下非常有趣。天氣晴朗時，碧昂可湖無波無影，像塊不透明的古玉，時間在此也凝結了似的。

＊ ………… ＊ ………… ＊ ………… ＊ ………… ＊ ………… ＊

茵佳汀的雪山峽谷造就並蓄養了無數的清泉湖泊。除了前面所提及的以外，更多小小的湖塘隱於僻遠的山坳或茂密的森林裡，需要一番跋涉，才能窺得其貌。湖泊，因而常成為我們出門的誘因，吸引我們登高行遠。我常想，要是沒有那些散

落山間的美麗水澤，我大概不會走那麼些山路而甘之若飴吧！往往走得筋疲力竭、氣喘吁吁時，一想到前方有一汪清澈的湖水，我就又有了動力，重新打起了精神。有什麼地方，比幽美寧靜、芳草萋萋的水邊，更能讓走累的登山者獲得身與心的歇息與撫慰的呢？

有一回，我們去看幾個小湖。高高低低走了兩、三個鐘頭後，我們進入一個林中。地上大大小小的岩石或是滿覆青苔、或是被老樹的根幹盤結。我低著頭，小心翼翼在石塊間落下腳步，深怕一不注意，失腳絆倒，因為我的雙腿已走得疲憊遲鈍了。眼睛雖看著地面，耳朵和鼻子卻沒閒著。我一方面深深吸入松林的芳香空氣，一方面留意到隱約傳來的汨汨水聲。HK腳步大，速度快，遙遙走在前頭。當我爬上一個小坡時，抬頭一看，HK立在小徑旁等著我。他側過身，示意讓我先行。山澗流水聲更清脆響亮了，目的地應該不遠了吧？又走了數公尺，小徑一拐。接著我聽到輕輕的驚歎聲，從自己的胸腔深處呼出來。在我眼前，一潭湖水靜靜地掩映枝葉間。我回頭，HK已站在我背後。我在他的眼眸裡看到自己臉上的微笑。原來他刻意讓我先行，為了讓我先看到湖水，先發出喜悅的讚歎啊！

我去過的湖泊也算不少了，有的令我驚艷，有的讓我如遇故人般溫馨與感動，它們沒有不讓我喜愛的。在我有幸能造訪

的山林湖泊中，有那麼幾個真如夢幻般的美麗。唉！叫我如何形容這些湖水的顏色呢？許多人想必也發出過同樣的感歎吧！一則山上的童話，就以此為題，述說了寶藍色湖水的祕密。

故事的地點靠近伯寧納山道附近、一個叫康圃的小山谷（Val di Campo）。很久以前，谷裡住著一戶農家，父母帶著五個孩子，最小的是一個女孩，叫彌蕾娜。她特別喜愛花草和動物，父母就要她照顧家裡的貓狗，以及每天去山裡放羊。有一天，為了找走失的一隻羊，她進入樹林中——樹林環抱著小湖邵瑟鷗（Saoseo）。她找到了羊，卻也意外發現了奇異的花朵。她從未見過這樣的花，形態如百合，顏色卻是土耳其石般的藍，還閃閃發光。小女孩第二天又去到林裡，以確定自己不是做夢。她著迷似的望著那些花，給它們取名叫「藍光」。幾天後，她忍不著對哥哥姐姐們談起這事，卻始終不透露地點；她愈是這樣，哥哥姐姐們的好奇心愈強，最後他們決定偷偷跟蹤她。當晚，哥哥姐姐們對她說：「妳以為那些花只是妳一個人的嗎？我們都已經看到了，它們真漂亮啊！不過妳放心，我們不會告訴別人的——沒那麼笨！我們要把花朵摘了拿去賣，一定可以賺很多錢。反正明年還會再開花……」彌蕾娜大叫了聲：「不要！」然後衝進自己的房間，倒在床上哭泣。她想像那樣的後果：一但人們看到那些花，一定會千方百計找到它

們，摘折它們，甚至連根拔起，而她卻無力阻擋。第二天一早
她奔到林裡，看著「藍光」掉眼淚。突然，她發覺怎麼花兒一
朵接一朵彎折了。驚駭中，她看到一個如玻璃般透明的小矮人
正在摘花。小矮人對她說：「不要怕！」原來他是山谷的精
靈，要保護這些花免於人們的踐踏。他把花朵放在彌蕾娜的圍
裙裡，並帶她走到湖面把花撒到湖水裡。花朵漸漸溶化不見
了，卻把原本透明的湖水染成發亮的寶藍色。小矮人最後對女
孩說：「我觀察妳很久了。妳對花草和動物一直很愛護，所以
我想送妳一樣禮物。但我忘了人們的貪婪，結果這些花不但沒
帶給妳快樂，反而讓妳憂心。現在湖水變成了藍色，乃是紀念
這段際遇，也是我對妳的一點心意。」說完這話，小矮人就消
失不見了。[註1]

　　這個故事其實更像一則寓言，直到今日仍然——或更是
——鮮明而真實。

　　湖泊如邵瑟鷗者，可不是大自然贈與我們的珍貴禮物嗎？
要欣賞高山湖泊奇幻美麗的顏色，必須有心或有緣，一步步向
深山裡走去。

註1：這則童話故事的標題叫：「藍色的花」。資料來源： "Puschlaver Märchen ", Sina
Semadeni- Bezzola, Werner Classen Verlag Zürich und Stuttgart, 1974.

✳ ⋯⋯⋯ ✳ ⋯⋯⋯ ✳ ⋯⋯⋯ ✳ ⋯⋯⋯ ✳ ⋯⋯⋯ ✳

　　愈往高處走，愈見奇峰崢岩。這兒的小湖沒有林木依伴，往往赤裸裸橫臥礫石上，反倒有一股粗獷蒼茫的美。它像一隻深沉的眼珠，古老的大地透過它默默地望著穹蒼。地老天荒，孤高冷僻。這樣的湖泊似乎積聚了千年的魔力，吸引我走近；走近一個既透明又深墜，既吸納又映射的時空。我想，這是為什麼在西方文學藝術的象徵意義裡，湖澤或鏡子常用以暗喻通往「另一世界」的入口門穴吧。另一世界究竟是什麼？這問題其實撲朔晦昧。「此地」與「彼端」、生與死、真實與虛幻，往往只繫於瞬間。如果有邊界的話，大概也只是一層輕薄微細的光影吧！

　　不知怎的，每次經歷這樣的水澤，下山回程時總變得特別沉默，好像從久遠的旅程歸來。

✳ ⋯⋯⋯ ✳ ⋯⋯⋯ ✳ ⋯⋯⋯ ✳ ⋯⋯⋯ ✳ ⋯⋯⋯ ✳

　　你也許要問，那麼冬季呢？

　　茵佳汀的冬季特別寒冷，入夜後的氣溫常下降到零下二、三十度，沒有湖泊不結冰封凍的。夏季裡的水草野花，小徑岩石，山澗水澤，這時全都覆蓋在白茫茫的冰雪下，大自然在寂靜中休養生息。

　　每年在結冰的聖莫里茨湖上舉行的馬球賽,是茵佳汀冬季裡的一大盛事。我尚未見識過,只遠遠見到湖上搭起的帳棚。聽說,與會者不乏紳士名媛;棚內香檳美酒,貂皮貴裘,熱鬧又奢華。

　　我們避開聖莫里茨湖,去結冰的汐芷湖散步。天氣晴朗時,冰雪反射陽光,亮晃晃地刺眼,我得戴上墨鏡再塗上防曬油才行——許多人是在冬季曬黑的。

　　結冰的湖泊是片白茫茫的荒野。原本波濤蕩漾的湖水,現成為腳下硬繃繃的大地;少了層次起伏,顯得空曠單調。白雪,似乎膨脹延展了空間。但真是這樣嗎?平時只能遠望而無法親近的小島,現在卻明明可以放步登臨呢!說它遠,其實倒變近了呀!我不禁疑惑起來:「我們真能走到對岸去嗎?那兒真是我們夏天野餐的湖畔呀?」這實在是奇特有趣的經驗。

　　二〇〇四年歲末,汐芷湖看起來不太一樣。它不是白雪地,而像一塊深綠色的墨石。鄰居塔勒太太說那叫「黑波」,難得一見。我們不願錯過,興沖沖前往。冷風從冰山上直撲而來,刮得臉上微微刺痛。湖面上已有幾個人散步,冰應該結得夠厚吧!我下到湖面後前蹉後仰了幾回,真是滑溜。我本能地放低身子,張開手臂,像隻企鵝踱步。其實我根本不想向前走,只想蹲下來看個究竟。湖面看起來像塊巨大而晶瑩的綠玻

璃，下面龜裂成美麗多變的圖案。湖底不時發出「嘎嘎」巨響，應該是冰層相互撞擊所致。我們就這樣好笑又好玩的、半走半溜到了對岸。

到了依所拉岸邊，又見奇景。這裡必曾氣溫陡降，致使波浪急速凝固，形成起伏有致的雕塑，陳列在湖邊。大自然不僅展現其催枯化朽的力量，也表露了它隨意和戲謔的個性。

＊ ………… ＊ ………… ＊ ………… ＊ ………… ＊ ………… ＊

不過，湖之所以為湖，主要乃在於它的一汪水。凍結的湖再新奇，也無異於冰原。乾涸的湖無法滋養生命，更談不上明媚清幽。一潭波光粼粼的湖水是天地間多美好的禮物啊！中國人說「山水」，真是深刻的哲理與美學。山與水不僅陽陰互補，相生相融，也是構成美好風景的兩個要素。有山無水，少了柔媚婉約。沒有山的水無法跌盪跳躍，潺潺起落。即使平靜的小湖，只要有高山環抱投影，立即氣勢不凡。

山夠深林夠茂，湖泊泉澗必定澄淨幽美。水美，一個地方自然靈動有情。登高山，其實也隱隱期待水源吧。

或許，每個人內心裡都在尋找一個湖？一個可供休憩，滋潤心靈，映照胸懷，激盪靈感，沉思暝想的湖。湖泊，哪裡又只是一汪水而已！

　　世界上美麗的湖泊何其多！或許我跟山區的幾個小湖比較
有緣罷了。

塞崗提尼

有一次我乘火車去瑞士中部，車廂內幾個德國人談得興致高昂，「茵佳汀」這個地名陣陣傳到我耳中。我望過去，一名男士正說得起勁，索性站了起來描述：「那幅畫的中央是一個牧羊女，她背後是與她的衣裙同樣色調的藍天。許多人去茵佳汀，就是為了那樣的藍天哪！」

剎時，畫的景象浮現我的眼前。這幅畫我認得，它掛在聖莫里茨的「塞崗提尼美術館」內。

未去茵佳汀前，我並不知道畫家塞崗提尼（Segantini）。我對山上慢慢熟悉後，才發現塞崗提尼的名字幾乎無所不在。說起茵佳汀，不能不談一談塞崗提尼。

我第一次去茵佳汀的那年夏天，HK的表弟也大老遠地來到山上。為了盡地主之誼，HK建議去參觀「塞崗提尼美術館」，並連聲說：「值得一看！」等我們到了那兒後，果真驚喜不已。美術館從外到內、從建築物到展出畫作都讓我們印象深刻，流連再三。

「塞崗提尼美術館」立在山坡上，不大，不顯眼，入口也是小小的。有意思的是，石塊砌成的建築物是圓形的，與山岩和樹林融合成一體，巧妙別緻。它的外觀不像一般的美術館，倒像哪位奇人的工作室。我後來才知道，美術館這樣建造，構想來自畫家本人的一張草圖。

走進展覽室，一幅幅畫看過去。流動的光線、鮮活的色彩，一一從畫中湧出。我不僅看到白雪皚皚的山峰，牛羊放牧的曠野，更看到艷陽下工作的牧人，泉邊飲水的少女。原來塞崗提尼不但寫景，更紀錄這高山荒地上為生活奮鬥的人們。在他的畫筆下，遠方，是牧羊女眺望眼神的延伸；嚴冬，是黑衣婦人雪地裡拖柴回家的足跡。山有多高峻，人們臉上的表情就有多堅毅；天空的風雲變幻，襯托人間的生老病死。這樣的畫作，叫我無法不動容。

在一幅畫前，我佇立了很久。畫中一隻小船正把農婦和羊群渡過對岸的家；夕陽把大片的天空和水面染成了橙黃色，遠遠的水平線上，村莊裡教堂的鐘塔隱隱可見。畫家取景的角度，使小船看起來像搖籃一樣。婦人和懷中的孩子頭靠頭相依偎，搖槳的船伕也低著頭，雙手相靠，一如祈禱。畫面顯得如此靜謐祥和，我彷彿能聽到汨汨輕柔的水流聲，搖啊搖的，把搖籃般的小船搖回家。畫的標題是《瑪麗亞渡江》，藝評家認

為這幅畫有宗教意涵。這也難怪，仔細看看，婦人瑪麗亞和懷裡的嬰孩、綿羊、教堂，以及呈現拱頂形狀的小船支架，這些基督教的象徵元素，絕非偶然一起出現在畫布上。塞崗提尼巧妙地把阿爾卑斯山的景致與宗教蘊涵融合，賦予清新的表現風格，這應該是畫作具有強烈感染力的原因吧！

看過底層後，我向樓上走。才到展覽室入口，眼前霍地一亮：圓弧形的牆面上掛著三張巨幅油畫，飽滿的色彩、磅礴的氣勢、奇幻的光影，一下子轟地把我震懾住，竟呆立原地，不敢向前。等我回過神來一一仔細觀賞，不禁暗暗讚歎。三幅畫有如交響樂曲的三個樂章，分別以《生命》、《自然》與《死亡》為主題，史詩般地描繪阿爾卑斯山的偉大壯闊，並表達對生命與自然的歌頌禮讚。

展覽室中央有一張木頭長椅，我閒適地坐了下來。抬頭望，半球形的屋頂下方一排玻璃窗戶把陽光送進屋來，我好像置身天幕穹蒼下，由一種神聖靜謐的感覺所充滿。我再一次次從左到右，從右到左，慢慢欣賞眼前的圖畫。想不到小小的美術館裡，收藏了如此大氣度的曠世傑作。樹蔭下抱著嬰孩休憩的農婦，黃昏時趕牛群回家的牧人，冰天雪地裡對死者的默默送別；這片天地，孕育了生命，賦予力量，也見證了凋零衰亡。春夏秋冬，生死遞變，就像這間展覽室的結構一樣，原是

一個圓的循環。塞崗提尼畫茵佳汀的山水之美，更表現人和自然的相依相融。這三幅作品，不僅呈現畫家的創作天賦，也是他的心靈和思想的顯影，以及把這份思想完整地化為不朽的用心。

我默默地想：塞崗提尼是個怎樣的人物？

一張黑白照片裡，滿臉落腮鬚的塞崗提尼目光炯炯。那時他三十多歲，已是出名的畫家，歐洲各大城市都展出他的作品。黑髮密鬚、輪廓鮮明的外表下，他有一個悲暗的童年和不斷往上爬昇的歷程。一八五八年，塞崗提尼出生於意大利北部小城Arco。他年紀尚幼，母親就過世了。父親把他帶到米蘭，丟給同父異母的姐姐。姐姐視他為累贅，把他關在屋裡不聞不問；他年幼的心靈極度渴望母愛，渴望自由。十來歲時他當學徒作鞋匠，又跟著一個藝匠當幫手，開始接觸繪畫。後來他去米蘭藝術學院接受正式的繪畫教育，短短幾年內就自創新手法，展現驚人天賦。他談到那幅使他出名的畫作時表示，他當時只想畫畫，並不企求畫出傑作來。那天，他看到陽光透過敞開的窗戶傾灑在教堂的木椅上，當時只有一個念頭：把這樣聖潔的光線留下來！他思忖著：「如何才能讓色彩純淨鮮明呢？」他一反常法，不在調色盤上混色，卻把不同的顏色一個挨一個直接抹在畫布上形成薄膜，讓色料自然地暈融開。

　　塞崗提尼不願受僵硬的傳統構圖教規所束縛，二十三歲時離開米蘭，帶著心愛的女人來到意大利北部的鄉下尋求靈感與生機。他從周遭簡單純樸的環境裡汲取新題材，田園景物和牧人生活自此成為他的繪畫主題。五年後，他與妻小遷至瑞士山區小鎮薩沃泥（Savognin）。他在那兒完成許多著名的畫作，像是我非常喜歡的《瑪麗亞渡江》。八年後塞崗提尼全家再度遷居，這次他們來到茵佳汀的瑪羅亞，住進由著名工程師戈林所建造的木屋。這段期間塞崗提尼的藝術生涯如日中天，他開始著手巨幅創作『阿爾卑斯山宏觀圖』，計畫七幅為一整體，其中的三幅是前面所提到的《生命》、《自然》與《死亡》。為了完成巨作，他孜孜不倦地工作，未料一場腹膜炎竟閃電般奪走他的生命，當時他在山上小屋作畫，死時四十一歲。

　　從奧地利經意大利最終到瑞士山區，塞崗提尼的足跡愈走愈高，他的藝術成就也跟著青雲直上。然而，昇揚的不僅是事業成就，應該更是他的心靈高度。他的畫，透露出只有在一定高度上才能展現的清朗明澈，這是徒有技巧聰明做不來的東西。塞崗提尼想必一直在追尋這般的境界，這是為什麼他會來到瑞士高山，而茵佳汀特有的光線色彩尤其吸引他。山招喚他，他與山結了不解之緣，最終安息於群山的懷抱。他以生命中最成熟智慧的壯年去畫山，也用畫去寫生命。臨終前他對妻

子說：「山下的人們是如此的渺小，而我，是如此的巨大。」
這話應該不只是為了安慰悲傷的妻子——他知道自己將為不
朽。據稱，他瞑目前的最後一句話是：「我要看我的山！」

　　塞崗提尼葬於瑪羅亞的小墓園內，這個墓園他曾經畫過。
有一年我們經過瑪羅亞時特地去看了一下。畫家的長眠之地並
不特別，需要刻意找一下。那裡是他與晚他三十九年過世的妻
子的合葬地，大理石墓碑上有一句拉丁文銘文：「藝術與愛超
越時間」。我們站在墓地前，夏日微風習習，樹葉沙沙私語，
小鳥從我們頭上輕快飛過，灑下幾個音符。我轉過身，看到群
山在日頭下閃閃發光。我想，塞崗提尼如願了！

　　茵佳汀之於塞崗提尼，或者說塞崗提尼之於茵佳汀，其意
義是特殊的。一九九四年，也就是塞崗提尼搬遷到瑪羅亞的
一百年後，一條路徑正式命名為「塞崗提尼之路」，記印畫家
在當地的足跡。路徑始於瑪羅亞的木屋和畫室，終於塞崗提尼
入殮的教堂，途中串連畫家曾寫生作畫的重要地點並分別立牌
解說。這段路我至今尚未走過。我對塞崗提尼的認識是逐步漸
進的，而且另有機緣。

　　某年夏天，HK指著彭特溪納上方的山頂說：「我們哪一天
去『塞崗提尼小屋』呢？」我順著他的手指方向望去，高高的
山頂上依稀有個小黑點。「那上頭有個小屋？」我懷疑地問。

HK的回答卻很明確：「有兩條途徑可以上山，一是從彭特溪納，另一條從慕霭。」他興致高昂地說著，我卻沒專心聽下去，兩眼楞楞地望向那個黑點，心想：「看起來多麼遙不可及呀！」此後我們每回去茵佳汀，HK總會重提這個建議。但不知為什麼，我對爬這段路總是提不起勇氣——可能因其間我動過手術，體力確實是不好。我對HK採緩兵之計，回答說：「先讓我鍛鍊一下體力，從近的地方、容易的路線開始吧！」

三、四年前我主動提議去「塞崗提尼小屋」。所以會作出這個決定，除了自覺體力較好外，也受到了一個女性朋友的激勵。這個朋友住在德國的大城市裡，平常不做什麼運動，卻去了「塞崗提尼小屋」而且喜滋滋地告訴我們。我不禁自問：「她上得去，難道我辦不到？」

決定要爬山了，我才開始注意相關資料。「塞崗提尼小屋」的海拔高度是二千七百三十一公尺，較容易前往的方式是搭纜索車到莫他是慕霭山頂，從那兒往彭特溪納的方向先下坡，走到谷底後再由另一側往上爬，攀升的總高度約四百公尺，困難度屬於中級。回程則由彭特溪納下山，坡度較緩。全程約九公里，費時四個小時。光看這些資料，「塞崗提尼小屋」並不可怕。不過經驗告訴我，數字是死的，僅供參考，爬山卻是活的，因人而異。

　　我們特地排出一整天的時間來登山，像辦一件大事。我既興奮又膽怯，HK似乎也被我的情緒所感染。

　　等纜索車時我們遇到一群日本人，男男女女十幾個，年紀都六十開外了，嘰嘰眡眡的，像小學生郊遊。茵佳汀常有日本遊客，何況莫他是慕靄山頂是著名景點。待我們到達山頂後，才知道日本人也要去小屋。仔細看看他們所穿戴的，一點也不含糊，或許是登山社的會員吧。

　　開始的路段是緩緩的下坡路，兩個人可以並排行走，一邊聊天，一邊欣賞風景，倒也輕鬆愜意。與我們同行的人不少，之前上山的纜車是滿的。到了谷底，跨過小溪，眼前一條小路蜿蜒向上走。我對自己說：「好吧，開始了！」

　　山路「之」字形向上，山峰忽而在左忽而在右，但小屋仍在秘不可測的遠方。腳力好的，慣於登山的，一個個超前了，走遠了。山路越來越窄，也越來越陡；腳下也由泥草地變為石塊或是山岩，有一段路還得靠岩壁上的繩索支撐才能跨步上去。人們不再談笑了，變得沉靜。HK走在前面，我叫他別等，免得我有壓力。我按自己的體力和速度走；快，不是我的本事，更不是我的目地。日本團有時超過我，雖然我比他們年輕。愈往上走，我愈頻繁地停下來喘氣，最後一段路我甚至每五十公尺就要休息一下。爬山，讓我學會低頭。

　　有好長一段路是褚紅色的岩石踏階，陡直粗獷，真是美。我走得又愛又恨，真想坐下來，靜靜欣賞有如天梯一般的石階。我繼續往上，早已不再看手表，不想知道走了多久，也不想知道小屋還有多遠——我其實怕抬頭一望，小屋仍是一個小黑點。我本能似地舉步上爬，努力穩住微微顫抖的雙腿。一個疑問在心裡浮現：「我還能撐多久？」就在我不再想的時候，忽然瞥見HK在前方幾十公尺處等著。我的視線再往上移，「塞崗提尼小屋」已然在望。

　　終於到了！我的心臟幾乎要從胸口跳出來。我曾幾度懷疑能不能爬到這裡，但我清楚，我不願半途折返。現在，我站在山頂，三百六十度的視野，天空更高闊，群山更清朗。我深深呼吸，不再喘氣。冷冷的風迎面撲來，我踉蹌了一下，隨即覺得身體真輕。之前的沉重、疼痛，倏忽全沒了。一種混合著驕傲和感謝的情緒湧上心田，讓我久久說不出話來。

　　我知道，「塞崗提尼小屋」所在的綿羊山既談不上高峻，更算不上名峰。對慣於登山的人來說，到這裡只算是「走走」吧了。我站在小屋前，望望四周近四千公尺的山峰，一層層向天空堆上去，高不可測。但同時，我覺得自己似乎已向這些遠山靠近了一步。登山啊！其實更在於挑戰自我；透過氣喘心跳疲憊和懷疑，去突破體能和內心的極限。

「塞崗提尼小屋」立在山岩上，它原是牧羊人休憩過夜的簡陋石屋。塞崗提尼多次到山上寫生，小屋提供他工作兼休息的場所，最後竟也是他辭別人世的地方。石屋後來經過整修擴建，並以畫家為名，以紀念他與茵佳汀的一段因緣。屋裡有一間小餐廳，遊客可以買麵包奶酪生菜之類的冷食。這裡是不炊火煮飯的，這樣的高度和孤立的位置，水電和食材都得之不易。屋外的一個牌子說得很清楚：「新鮮食物由工作人員背上山，水和飲料則由直升機運送上來，因此只供應簡單餐飲。」屋外有陽台，三面風景，視野絕佳。正好是中午用餐時間，陽台上坐滿了遊客，喝咖啡曬太陽，餵肚子又飽眼福，也算犒賞自己氣喘流汗爬上來吧。不過這麼一來，原本的寧靜也就打了折扣。這樣的地方，一定要有景觀陽台和現泡的熱咖啡嗎？

HK是絕對不願意和「觀光客」湊熱鬧的。我們走到一個人少的地方，在大石頭上坐下來，拿出我們帶的麵包和茶水，津津有味吃了起來──走了這些路，真是又飢又渴。日本團差不多跟我們同時到達，一小群一小群的，也開始野餐。我經過時看了一眼，他們裝在保鮮盒裡的有飯團和壽司。

我四面看了看，不禁又想到塞崗提尼。一百多年前，沒有纜車沒有直升機，畫家扛著沉重的畫布畫具，一步步爬上山來。還有食物飲水呢？我後來讀了些資料才知道，有個傭人照

料他的飲食起居。可是，路還是要自己走的。他當年為寫生而住過的簡陋石屋，誰料今天是瑞士最有名的高山小屋之一！

風吹得疾了，烏雲四面合來，我們得趕快下山。有些人往彭特溪納方向去，我們則決定原路下山。下山的速度快多了，可是陡直的下坡路，雙腳要使力擋阻下滑，膝蓋很快就疼痛起來。還未到谷底，兩腿早已疲軟不聽使喚，真是上山不易，下山更難。走到半途，下起雨來，氣溫明顯下降。我們穿上備用的防水夾克，默默趕路。雨愈下愈大，我的頭髮濕淋淋貼在脖子上，又冷又狼狽。下山，少了上山時的好奇和推動力，顯得落寞淒涼。

回程路上，有個問題浮現出來：「如果不是因塞崗提尼的緣故，我會爬這段路上山嗎？」──我沒有答案。

高山牧場

　　曾有這麼個真實的笑話：某個中國人到瑞士旅遊，玩了許多地方後，對招待他的瑞士朋友表示：「我想去阿爾卑斯山看看」。瑞士友人有些驚訝，說：「我們現在就在阿爾卑斯山呀！」原來那個中國人誤以為阿爾卑斯山是一座山峰。

　　阿爾卑斯山是歐洲內地最高的山脈，全長一千兩百公里，綿延於法國、瑞士、義大利、德國、奧地利等國境內。它涵蓋瑞士總面積的百分之六十，造成起伏的山巒和巍峨的高峰。阿爾卑斯山在德文稱作「Alpen」，是一個複數詞，意思是「高山牧場」。記得我初次上山時，HK有一天指著山坡說：「你看，那上面有一個Alp」。我望過去，針葉林密覆的山上像開了扇窗似的，一塊空地青草茵茵。HK像地理老師一般解說道：「那就是一個Alp，牧人放牧的地方」。遠遠望去，似乎有些黑點移動，大的可以看出是牛群，小一點的應該是羊群。牧場上有小小的屋子，有些是牛棚，有些放置農具或儲放牧草。這樣的木屋、草地和牛群，是阿爾卑斯山景色裡不可或缺的元素。

　　阿爾卑斯山採山牧季移的畜牧方式，這點我們地理課都學過。我一直覺得這方式真聰明。春末時趕牲畜上高山，享用新鮮肥嫩的青草，秋末時天涼了，草也吃得差不多了，再趕牛羊下山過冬。等我對瑞士山區稍微熟悉後，才知道所謂的「上山下山」，在距離和高度上，可以有很大的差異，而且每個牧場有各自放牧的「地盤」，不是任意「逐水草」就行的。我們鄰居塔勒家的牧場不算小，又是山坡，所以他們的牛隻不需要上山走遠路，自家和周圍的牧草就夠吃了。我們認識另一個牧人家庭，他們住在村子裡，每年春末把牲口趕到郊外的坡地，牛群整個夏季待在那裡。他們呢，白天在牧場忙，傍晚開車回到村子裡的住處，有時也在山上過夜。有的高山牧場位在偏僻陡峭的地方，通常是向陽面，牧草肥美。牧人帶著牲畜爬山涉溪，來到山嶺上的小屋，遠離人煙，也遠離喧鬧的夏季。

　　我們在佩笛高（Prättigau）山區曾見過一個人跡罕至的高山牧場。有次我們散步時看到草叢裡一條簡陋的索纜，它的一端固定在地上，另一端延伸向陡坡。這是做什麼用的呢？大概廢棄了吧？旁邊不起眼的地方有個箭頭形狀的木牌子，上面歪歪斜斜寫著「某某Alp」。我們順著箭頭方向往山坡望去，什麼都看不到，甚至看不到有路的跡象。「那上頭有牧場？」我不可置信。HK說：「既然這麼寫，就一定有。」他的興致來了，爬

上一段陡坡，撥開灌木叢張望了一番，然後對我大喊：「從這兒可以看到一條小路了——哦！我是說有人走過的痕跡！」HK下坡來，一邊拍拍褲子上的泥土，一邊興奮地說：「前面有條小徑，從那裡比較好上山。我們要不要過兩天去探個究竟？」我馬上說：「你一個人去吧！沒有我，你行動起來比較快速也比較自由。這樣的坡，你知道的，我爬不快，就算真能爬到上面，接下來可能要躺個好幾天！」

　　兩天後，他上路了。近傍晚時他回到家，疲累但愉快。他迫不及待描述：還好你沒去，那個坡真陡啊！有些地方根本沒有路，我花了一個多鐘頭才爬上去！你知道那上面有什麼嗎？我先看到幾十隻山羊「咩咩」吃著草。有一間小木屋，木屋的旁邊兩隻……（他停頓了幾秒鐘）你沒猜到嗎？兩隻小豬咧！牠們好奇地伸著鼻子東嗅嗅、西聞聞。我正覺得有趣，一隻牧羊犬從木屋裡奔出來迎向我，牠的主人聞聲也探出頭來。那是一對年輕夫婦，正忙著做羊奶酪。我和他們聊了一陣，他們真是親切。他們說，他們整個夏季待在山上，很少有人會來。那兒真安靜啊！不，他們只有山羊，那樣的陡坡牛隻上不去。輕便的東西他們背上山，粗重的，就靠纜索運下去。是啊，那條纜索是他們的，山上有簡單的操控裝置，做好的羊奶酪放在籃子內運下山。對了，鎮上的超市有賣他們的羊奶酪，我要去買

來嚐嚐……

隔天我們就去買了一個圓圓的羊奶酪，味道比我們想像的清淡。然而我們吃進去的，豈僅是一個普通的奶酪啊！它可是混合了HK的探險、新鮮無污染的牧草、年輕夫婦登高爬涉的辛勞、溫厚的人情，再加上簡單卻聰明的纜索運送，才得以進到我們口中的啊！

類似這樣的高山牧場不知道有多少？有時我們聽到遠遠傳來牛鈴聲，抬頭一望，高高的山頂上牛群怡然地吃著草。「牠們是怎麼上去的呢？」這個問題總是先浮出我的腦海。不論我們走多遠的路，爬多高的坡，一路上或許遇不到任何人，最後卻發現牛隻早已先我們一步到來。牠們要不是圓瞪著眼睛看我們氣喘吁吁走近，就是不疾不徐搖晃著頸項的鈴鐺，好似竊竊私語：「這兩個傢伙來這裡幹嘛？」有時我們雖不見牛隻，卻能在草地裡看到嗅到牠們慷慨留下的糞便。沒有人會埋怨這些天然又新鮮的肥料。這些如向日葵般碩大的牛糞，來春時會轉變成鮮美多汁的牧草，讓牛隻細嚼慢嚥吃下肚，生產「瑞士品質」的優良牛奶。近幾年中國從瑞士大量進口牛奶，誰知道，這些高山乳牛生產的牛奶不也跟著飄洋過海，哺育中國的孩童呢？

到目前為止，我們所遇過的乳牛都溫柔安靜，但我們也曾

見過牧人立示的警告牌：「請勿大聲喧譁！請勿接近牛群！勿對牛隻作揮拳或威脅的動作！」當時那個牧場裡有不少新生的牛犢，母牛為了保護小牛，可能會對莽撞的陌生人攻擊。至於公牛嘛，我們總是敬而遠之；牠們趾高氣昂的，眼神清楚宣示：這是牠們的地盤。有一次我們正在牧場邊歇息，HK注意到三十公尺外的山坡上一隻壯碩的公牛正炯炯有力瞪著我們。HK低聲發警報：「牠如果奔過來，我們跑都來不及！」這隻公牛是外來品種，有捲而長的棕色毛，一對漂亮的角向上彎曲。我被HK說得緊張起來，當下弓身低頭，輕手輕腳離開。走了一段距離後我們忍不住回頭望，那隻公牛還立在原地。

　　深山裡，在看到牛群之前，我們通常先聽到牛鈴聲。牛頸項上掛的鈴鐺大有名堂，牧人乃靠著牛鈴聲來掌握牛隻的動靜，還能藉此找回走失的牛。牛隻之間也以鈴鐺聲相聯繫，辨識距離方位與四周動靜。通常，牛群裡的領頭牛掛最大的鈴鐺，其他的牛隻聞聲跟隨。牧人說，牛隻認得自己伙伴的聲響，那是牠們的群體識別。

　　每年秋季牛群下山，是許多山間小鎮的大事。阿棚策勒（Appenzell）的秋季遊行應該是瑞士最有名也最盛大的，可惜我一直沒機會去，只看過一些圖片和報導：牛隻是遊行的主角，牠們頭上帶著鮮花，頸下垂著大銅鈴，一隻跟著一隻，并然有

序邁步前行。牧人跟在隊伍旁，同樣盛裝打扮，身穿紅色刺繡傳統小背心，頭戴綴滿黃花的黑色寬邊帽。隊伍中也有小孩，走在前頭的通常是男孩子。

二〇一二年秋，我們趁週末去了趟東部的艾勒蒙（Elm），為了見識見識著名的景觀「馬丁之洞」。那是一個在有如屏風般高聳入天的山壁上的天然洞孔，直徑約十五米，所在高度約兩千六百米。它有些類似張家界的「天門洞」，只不過沒有中國風景區慣見的石碑銘文。艾勒蒙位於山谷，仰對「馬丁之洞」。每年三月和九月的某兩天裡，陽光正好穿過洞孔並照射到艾勒蒙教堂的鐘塔上。我們去的時候是十月初，沒能見到那樣幾近神聖的光環，卻意外地巧逢地方盛會：牛群下山遊行與農牧產品市集。我們住宿的旅館旁是一個農舍，週六下午我們看到幾個牧人吆喝牛群走來。打聽後，才知牛群其實已在幾天前回到村裡，當時牧人正為隔日的遊行作預演。

那個週日，原本寧靜的艾勒蒙熱鬧起來，整天都有活動。早上我們先去逛市集，因為牛群遊行在午後。會場裡只見黑壓壓的人群，村子的活動中心內，一個攤位挨著另一個攤位，臨近的村鎮也來共襄盛舉。乳酪顯然是市集的重點，我們看得眼花撩亂。濕冷的空氣中，各種乳酪的氣味顯得特別濃厚有力量，讓人的肚子跟著咕嚕嚕地湊熱鬧。每個攤子又巧心佈置，

用收割的金黃麥穗、山上的鮮艷野花，再加上牛鈴和農具來展現牧場特色和秋收的喜氣。乳酪和肉品攤位之後是遊戲區，當地的中小企業借機推廣促銷。HK玩擲球，贏得一張登山纜車的票。票的期限是一年，我們卻不知道下次什麼時候能再來。旁邊的攤位站著一個年輕女子巧笑倩然，紮了兩條辮子，穿著傳統農村衣裙。我聽到小孩子交頭接耳，還找她簽名，才知道她是上屆的瑞士小姐。

我們選了一家鎮上的老餐廳吃午飯。才推開門，轟然人聲鼎沸。裡頭坐著滿滿的客人，侍者忙得不可開交。我們好不容易等到兩個座位，打開厚厚的菜單一看，盡是山區特產和野味。客人們舉杯談笑，像參加一場熱鬧的喜宴。不知什麼時候，我們左手邊的長桌坐滿了十幾個年輕人，個個穿著藍布罩衫，腰繫牛飾寬皮帶。大家吃得差不多時，突然一聲「呦得勒~」輕輕揚起，漂亮的男低音如同出自山谷。整個餐廳頓時靜了下來。「喔呦咿喔~~」一個男高音做出迴響，彷彿一隻蒼鷹展翅翱翔，而後漸漸沉寂。長桌的年輕人不疾不徐，一個接一個加入阿爾卑斯山的特有歌唱（yodel）。餐廳裡的空氣隨著抑揚清遠的聲音波動起來，彷彿窗外的山和谷、雲和水，統統都被呼喚了進來。年輕人唱了一陣後，起身離開。我們雖意猶未盡，但外頭的喧鬧提醒我們，遊行快要開始了。

　　街道兩旁，人群慢慢多了起來。雖然小雨紛飛，氣溫又只有十度上下，我們的興致仍然高昂。旁邊有兩對英國夫妻，說他們正好在附近旅行，聽說有活動特地趕來。「聽！來了！」牛鈴聲越來越響了，如洪水般湧來。牛群走近時，我只覺耳邊「咣噹！咣噹！」作響。每隻牛掛著起碼幾斤重的銅鈴，這麼大的銅鈴，恐怕只有像今天這樣的盛會才用上吧。幾個年輕力壯的牧人兩肩上各扛了一個更大的鈴，邊走邊搖晃，搞的好不響亮，把人身不由己的，轟然捲入節慶的熱鬧中。

　　住在山上的朋友曾說過：「遊行的牛，特別是領頭的，知道自己的重要性，牠們掛著大鈴鐺，特別神氣。」看牠們頭上戴鮮花，大搖大擺踱過去，真是志得意滿呢！參加遊行的牛，也是經過挑選的，事前還要刷刷毛，好好被打扮一番。這讓我想到有些鄉鎮隆重舉辦的牛隻選美大賽，奪魁者的照片還會登上地方報紙呢。

　　遊行隊伍已過，HK仍意興盎然，又跟了一段。我們旁邊的英國人發表了他們的感想：「我們兩年前去過阿棚策勒，活動規模很大，參觀的人很多，擠得一遍糊塗！這裡的遊行場面雖小，卻更有草根性，更親切。」我們無法比較，只樂在其中。要離開時，我們注意到一個老太太坐在臨街的陽台上，於是走近跟她聊了幾句。老太太九十多歲了，一輩子住在艾勒蒙村

上，每年一定看遊行。她說：「我現在站不住了，只好坐在這裡看。這是村子裡的大事哪！」

　　像老太太那一代的當地村民，只會日漸凋零減少。那麼年輕人呢？瑞士有個電視節目充當紅娘，幫單身的農夫或牧人找伴侶。從這個節目可以看出，農夫或牧人不容易找到成家的對象，特別是偏遠山區的牧人。我曾看過一篇有關高山牧場現況的報導，幾位牧人的妻子接受採訪時表示，在牧場生活除了要有強健的體力外，還要耐得住寂寥，可不是說說喜愛大自然，或是憑著一股浪漫的想像就夠的；那是清晨擠牛奶，烈日下割牧草，生活在牛羊的氣味中，必要時還得接生小牛犢……適合並且願意過這種生活的女性，不知現今還有多少？

　　高山放牧的傳統面臨各方面的考驗。然而山不轉路轉，牧場在現實中試圖找出變通之道。除了蓄牧的「主業」以外，許多人也發掘「副業」機會。常見的一個方法是：把山上小屋改裝成提供登山遊客歇腳餐飲的休息站。如果位置好、陽光足，又在遊客常經過的路線上，這樣的小屋做出了口碑，人們甚至把它特地排入登山的行程裡。佩笛高山區的「雞窩圃」就是個好例子。那是個面向群山的露天咖啡平台，位在一個美得讓人發呆的山坡上，一條健行小徑正好經過。女主人想必看到其中的潛力，在自家農舍前搭蓋了一座樸實的陽台，放上木桌木

椅，供應簡單的茶水和自做的糕點乳酪，很快地就吸引了健行者前往。

　　不論山有多高，有牧草的地方就有牛羊，就有牧人和炊煙。我們無法上到每個Alp，卻樂於在仰望山嶺時，看到牛羊悠閒地吃草，聽著遠遠傳來的鈴鐺聲。阿爾卑斯山具有強韌的特性，人和牲畜都如此。不管冬季多嚴寒，現實多艱難，人們會找出變通解決之道，就像聰明的「山牧季移」一樣。

秋水

　　我很少能在秋季裡上山。這次趁著週末三天連假，毫不猶豫安排去一趟，打算好好欣賞茵佳汀的秋色。

　　我們星期四晚上出發，到達時已夜間十一點。入山後，微微有雨，霧氣瀰漫，夜顯得暗寂可疑。我想起有一回我們夜間行駛山路，四面闃黑。突然，轉彎處熒熒兩點綠光，HK急踩煞車，一隻野鹿驚惶地望著我們，也把我們嚇了一跳！所幸今晚沒遇上這情況。冷空氣透入車內，有如細小又多足的昆蟲，由我的腳底往上爬，刺麻麻的。山間天氣多變，我已從中得了不少教訓。十月初正值季節更易，我冬夏的衣物都帶了，以備萬一。

　　第二天起床後，先把房間窗外的擋風木板推開，急著想看看外面是什麼樣。天色微亮，晨曦雖已照亮山頂，山下的樹林卻還在陰暗裡，睡意仍濃。一條純白的晨嵐依戀地偎著山腰，捨不得走開的樣子。草地上，霧氣冉冉向上蒸發。我對HK大喊：「你快來看！」眼前的景緻跟我想像的有些不同。對面山

上的針葉林空隙間像是抹了一層鐵鏽，農場的牧草則如秋天的蘆葦。HK也覺得稀奇，說不記得見過這般景色。看來同樣是秋天，但不同的氣候變化就有不同的景像和色彩吧。

我們決定先去依所拉走走。陽光已昇上山頭，可是氣溫仍低於十度。車子開到思瓦帕娜時，漸漸起霧了。愈往前霧愈濃，到汐芷時，只見一股股的霧氣由瑪羅亞湧來。下車後，我禁不住打了個冷顫。這裡風疾霧重，和慕霭相比，真是兩樣的天氣，雖然兩地相距才十五公里。HK和我對看一眼，還要不要去依所拉呢？「等一下就會好轉了！」我們很樂觀。汐芷湖邊白茫茫的，幾棟房子黑影幢幢。我們走了幾步，HK說他衣服穿得不夠，猶豫著要不要回家拿外套。我雖已厚衣上身，心裡卻嘀咕，能不能冒著這樣的寒風走到依所拉。看看四周，濃霧迅速裹來；我們看不到湖，看不到山，也看不出短時間內有霧散的可能，倒像泡在煙霧迷漫的大浴缸裡，只是湯水冰冷！算了，我們決定折返，去有陽光的地方。

車子背向瑪羅亞峽谷駛離，把陰冷鬼魅的霧氣拋在後頭。

我們回到慕霭附近，沿著茵河支流向颯梅丹方向散步。這兒明亮和煦多了，雖然風仍大。這風呀，天上地上吹，把遠山吹近了，顯得清瘦沉靜；把河水趕著往前奔，露出河底的小卵石；把樹葉搧得一翻一揚，像千萬個蝶翼，鼓振欲飛。連我們

的腦袋似乎也被吹得空盪盪的，變得飄飄然，只一股勁想笑，彷彿也要跟著流水秋葉旋然起舞。

　　河岸邊有一些白楊樹，葉子開始轉黃了。但這裡主要仍是針葉樹。咦，不是都說松柏常青嗎？可是好幾棵不但變黃，針葉還落了滿地。我後來查了資料才知道，原來某些品種是會落葉的。這些細小鵝黃的針葉夾在墨綠的常青樹間，點襯出早秋的意味。也許我們來得太早，山林的顏色沒有預期中的燦爛。可是，秋又確實到了——那是清涼透明的空氣，晶瑩明亮的流水，有意無意的煙雲。秋，在「清」與「輕」的意境中。

　　這一帶是沼澤地，幾年前河道整治過，也為了保護當地的動植物。兩岸有步道，還有生態保育計畫的圖文解說看板。圖上的昆蟲水鳥，我們未曾實地見過，牠們應該棲息在水澤草叢間，難以接近。走著走著，我們來到一塊寬敞的地面，一種溼地特有的草類已不再青綠，被風吹成一波波的秋色。我們踏上這片草地後，才看到泥土乾裂的紋路。想來這季節水少，不然我們恐怕難以置足。前頭有幾個小水塘，塘邊蘆荻瑟瑟。水塘靜靜的，濃稠的藻苔下，必定別有洞天。HK興致來了，一定要鑽進前方的灌木叢裡，瞧瞧那兒是什麼樣。他在前「開路」，擋開灌木的枝椏，我跟在後頭。這一帶很潮濕，一些小渠道把水導入河裡。我跨過一條水渠時心想：「這兒應該有很多生物

棲息吧！」正想著，「噗咚」一聲傳來，如石塊落水。HK轉過身來，是他先看到一隻碗大的蟾蜍在清淺的水渠裡。他笑說：「看你把牠嚇得落水哩！」我不禁啞然失笑，人家是「沉魚落雁」，而我竟然讓癩蛤蟆驚得跌落水底！牠在水裡絲毫不動，不知真被我嚇呆了，還是採取偽裝的姿態。我們四周看了看，沒有見到牠的同伴；過了一陣，牠也就慢慢游走了。四處鳥聲啾啾，卻不見鳥的身影。灌木林裡有一小片空地，披著厚厚的青苔，走上去真舒服。我和HK左瞧右望，又抬頭向雲淡風輕的天。雖然沒看見什麼奇特的東西，仍然高興，像小孩一樣。

我們回到河岸步道。走著走著，來到一座木橋邊，這裡視野開闊，河水映著天，天映著水，搞成一塊閃亮亮的藍寶石。幾隻野鴨斜地裡飛入水面，漣漪蕩開成一首華爾茲。橋的另一邊，有人帶狗散步。主人在草地旁把狗練解開，狗立時邁開腿奔跑跳躍，棕色的長毛在一波波的草浪裡飛揚，那種毫無保留的快樂，讓人看著也跟著快樂起來。

下午休息過後，我提議去石打翠走走，湖邊的秋色一定很美吧。才進入樹林內，眼前一亮：樹木空隙間，低矮的灌木層層絳紅。難怪我早晨開窗時，望見這邊的山色奇異。路上有點濕，空氣中飄著薄霧。幾尺外，一隻松鼠回頭看看我們，然後兩三步躍然上樹，倏忽不見。我們低頭看，毬果散落四處，再

仔細一瞧，松子已被松鼠啃掉了，毬果只剩空殼，像小巧的蜂窩巢。

　　樹林裡暗得快，但林稍還有一絲絲的陽光，足以讓黃葉橙橙發亮。我急著趕往湖邊，顧不得上坡路走得氣喘。看著就要到了，可是哪來的湖呢？眼前只有一層白霧，遮天蔽地。我跟HK說：「天快黑了，我們回去吧。」等我們出了樹林，又沒那麼暗了。慕靄位在向陽面，淡淡的光線還流連在山巔。HK忽然說：「妳看，一條龍。」我順著他的手望去，一條白練似的嵐氣蟠遊對面的山腰間。HK稱這樣的雲霧為龍，還真傳神呢，也有中國味。

　　晚上開始下雨。第二天早上雲霧飄渺。我們待在屋裡，HK正好可以準備一篇論文。近中午，看看天晴了，一會兒卻又陰下來，把我弄的心神不寧。午飯後我們決定出去透透氣，這次我們走反方向，朝魔特哈奇行。我們邊走邊聊，穿過樹林後很快就到了露營地。這樣的淡季竟有不少的掛車停靠紮營，這些野營用的掛車就像一個濃縮的住家，床、桌、櫃和廚具一應俱全，小而扎實。我們一「戶戶」走過去，好似參觀野營車展覽。有的插上衛星天線，有的精心佈置小花園，有的為寵物也設了一個窩，有的已掛起了小巧的木質鳥屋。幾乎每戶都設有陽台，現在天涼，罩上了擋風篷。我們沒遇見幾個人，四周很

靜。山雀鳥倒高興，唧唧喳喳飛到鳥屋啄食。

　　我想起，曾經在慕靄遇到一個退休的德國人，他告訴我他的掛車冬季停在茵佳汀，夏季在西班牙海邊，半年換一次營地。「半年甚至一年前就要預定，否則就沒位子了！野營車就是我的家。我回德國只為了買瓦斯──冬天很耗瓦斯，瑞士又太貴了。」那天我們同路，都要去魔特哈奇冰河，就一路聊了起來。他對茵佳汀很熟，熱心地告訴我哪裡可以去，我卻對長期住在營車裡的生活感興趣。「不冷！不冷！車裡很溫暖的。這兒的冬天真美啊！」

　　看看這兒，大部份的野營車或是依傍著白楊樹，或有潺潺小溪為伴，既有「住家」的舒適，又有野營的自在，真是令人嚮往。HK提醒我：「你看這些車牌，他們只需要兩、三個小時的車程就到這裡了，週末就可以來，多方便啊！」難怪有些人索性把掛車長期停在營地，一有空就來；也難怪我們看到不少野營車，卻沒遇到幾個人，因為不是假期。

　　我們朝河邊走去，經過一個帳棚，一對年輕男女坐在帳棚前，邊喝咖啡邊研究著地圖。熱咖啡的香氣飄散在冷冷的空氣中，顯得特別濃郁誘人。我們相互點頭問好，然後HK和我輕步走開，不想打擾他們的悠閒。這兒應該是露營區，可是我只見到這個帳棚。HK曾是童子軍，一直想重溫露營的樂趣。對他來

說，野營車太大了，東西太多了，既然要自由，要自然，就要睡帳棚。現在他逮到機會，又想說服我：

「我們什麼時候也來露營？」

「太冷了！我不能睡地上，溼氣重！」

「你真是外行！現在的帳棚都有防水功能，而且我們有睡袋，一點兒不冷！何況露營最有意思的地方就是外頭涼、窩在帳棚裡的溫暖感覺。如果下雨，雨滴滴答答落在棚上，那才浪漫呢！」

HK愈講愈興奮，我邊聽邊朝前走。雨後的空氣冷而清，銀灰的長空裡幾縷金絲。河堤上，小石子間長著地衣類的植物，竟開了朵朵小花：粉紅、嫩白、淡藍，努力在冬季來前，再好好漂亮一次。

我們走走停停，時而仰望山峰，時而低頭欣賞苔蘚在岩石上編織的豐富圖案。迎面走來兩個獵人，長槍在手，一身勁裝。有一年的九月中，我在山上的一個小木屋前看到地上放著一隻已斷氣的岩羚羊，頭上插著鮮紅的野花，顯得熱鬧又詭異。屋內聚集了五、六個獵人，大概正慶祝狩獵季開場的首次捷獲。

九月中開始，山上的餐廳幾乎都供應野味，其中以鹿肉為多。每個區域少不了標榜地方的獨特烹調法。一道正統而且有

名的做法是紅酒煨肉塊，加上煮得香爛的栗子和紫萵苣，吃時配上煎得嫩黃的雞蛋麵疙瘩，再佐以半個糖水煮梨和一匙紅果醬。滿滿的一盤紅紫褐黃，熱呼呼的濃郁香甜。盤子一定要夠熱，盤上的食物也一定要夠熱，吃的全身發暖，頭昏腦脹。也許這樣濃重帶甜的口味才能壓下野味的腥氣，而高熱量和肥脂肪用以儲備過寒冬。秋高氣爽時，味口自然也較好；嚐些野味，喝點紅酒，再順理成章出去走走消化透氣，樂事一樁也。

星期天一早陽光高照，我們決定再去依所拉。這次風和日麗，與兩天前大不相同。汐芷鎮的老宅院一如以往靜靜立在山峰下，典雅樸實，每一次看都像第一次，打從心裡喜歡讚賞。有一種灌木，一到秋天滿樹的紅漿果，非常顯眼。我這時才察覺，園裡、水邊，甚至路旁，到處都長著這種樹、結著這樣的紅果子，給淡淡的秋增添了一份喜氣與明媚。

汐芷湖上的漣漪一波波蕩漾到水邊的蘆葦，也蕩到我的眼裡、心底。這是一種很難抗拒的吸引力，秋波一盼的美。

湖的南岸，一條小路沿著山岩往上攀，到了最高點，可以鳥瞰依所拉外圍的沙洲。這片濕地夏天時長著肥沃的牧草，現今不見牛羊，卻有幾匹俊馬。清藍的天空下，草地已轉黃，有一股茫茫牧野的味道。

正午時的依所拉沒什麼人，也沒見到牲畜。我們朝村後的

餐廳走。那原是一個家庭式的小咖啡館，既面湖又日照充足，提供夏天健行、冬天滑雪者歇腳的好地方。幾個遊客已佔據大部份的向陽位子，人人仰著頭，盡情吸取陽光。我選擇背光而坐，並把外套脫了，太陽晒得真暖和。幾分鐘後我又穿上外套；山谷吹來的風仍冷，一不注意就要著涼。

我們沒停留多久，當天還得下山回家。

回程我們走阿布拉山道。上了隘道我才發現，秋天在這高山裡更詭奇多變。山路迴旋，每一轉彎，不同的景緻躍然入眼。雲霧不停地玩著各樣把戲，讓人不知是真是幻。我忙著左瞧右望，既要遠景又要看近景；想要拍照，相機已打包，放在車後行李箱裡──我以為已拍夠美景了。幾次想叫HK停車，終究作罷；不如順其自然，悠閒欣賞吧！

下了山道後不久，經過一個小村莊。幾個人站在路旁好像觀看著什麼，我們望過去，草地上一隻牛犢剛落地，渾身濕漉漉的；母牛不停舔舐初生小牛，緊緊守護著。我們也停車，暗暗為試圖站起的小牛加油，感染一股誕生的喜悅。誰說秋天總是凋零衰敗的呢！

兩個禮拜後我們又上山了一趟。進入茵佳汀時我們吃了一驚：才十月中旬，有些地面已覆著白雪。閃亮的藍空下，遠遠近近燃起深黃艷紅。大自然似乎厭倦了早秋的清淡，慷慨熱情

地，把色彩一層又一層塗抹上去。這也許是我在兩週前所期待
的秋，現在我看到了。但我心裡知道，冬天已近了。

雪的顏色

　　二〇一四年二月初，茵佳汀連下了幾天大雪。我們到時，屋前的小路兩旁雪堆成矮牆般高，小路顯得更窄了。我第一次見到這麼多的雪，很興奮，在電話裡跟HK的媽媽說：「雪很多，還一直下！」隔天她上山來，竟有些失望。她說：「以前的積雪常高過人頭的，屋子四周都是雪，只有門前清出一條通道進出。」我看過那樣的照片，黑白照，是一種近乎神話般的冬天，難怪叫人懷念。是啊，從前！從前的冬天更冷，雪更多，暖氣沒有燒得這麼旺，人們似乎也不怕冷。可是「從前」終究難返啊！

　　就在說這話的兩天後，新聞報導：瑪羅亞下了數十年未見的大雪，隧道因此封閉。隔天HK和我興沖沖跑去，想開開眼界。離瑪羅亞愈近，馬路兩旁的積雪愈高，牆一樣擋住視野。前方也只是一片灰茫。路上沒什麼車子，我們卻開得很慢，戰戰兢兢地，怕車子溜滑。前頭有一輛大型的清雪車，車子上端有一根像煙囱的管子，馬達把路面的雪吸入，再從煙囱樣的管子噴向道路

兩旁。雪積得高了，清雪車再沿著路邊開過去，車旁加上大鏟子狀的工具，像磨水泥牆一樣把雪牆整平。碰到這種天氣，工程車就很忙；鏟雪、灑鹽、灑碎石子，來往穿梭路上。

那天，瑪羅亞就像一個荒廢的古城，有些地方我們一時竟認不出來。四周極靜，低低的天空裡，一群黑鳥盤旋。這樣的氣氛立刻感染了我們；我們低聲說話，唯恐稍大的聲響，就會有什麼東西坍塌下來。

HK的媽媽所形容的情景，出現在我的眼前。街道旁的雪堆得有一層樓高，許多房子被掩在雪牆後，只露出屋頂和前門，住戶進出，要通過雪牆高聳的甬道。斜斜的屋頂上也堆滿厚雪，重壓推擠下，整塊的懸出簷外，也有的現出扭曲的波浪狀，讓原本尋常的屋宇，有了一股梵谷畫作的風格。又因白雪覆蓋了大部份的景物，使得未被覆蓋的細節突顯出來，像是木門上的雕紋和古典厚實的屋簷。HK掩不住興奮，重複唸著：「這才像冬天！這才是我記憶裡的冬天！」也有幾個人像我們一樣，手裡拿著相機專程來看一看。可就不知當地人怎麼想了？要不斷清掃門前雪，要冒風雪去買菜，大概沒有我們這般的興致吧。

瑪羅亞有一個塔樓，我還未去過。HK一時興起，嚷說：「機會難得！也散散步嘛！」我們走入樹林時，又開始落雪

了。松樹上厚厚的積雪左一層右一層的,像披著白棉襖。幾株不堪風吹雪壓,彎折成九十度;挺得住的,都像是戴著一頂高氈帽。一棵大樹下,垂著兩、三個鳥屋,大大小小的鳥兒飛來啄食,是靜中的熱鬧。我忙著看松樹小鳥,暫時忘了腿上的疲累。雪地很「吃」力,每踏出一步,陷下去,拔起另一腳踩下,又陷下去。其實更累人的,恐怕還是那份小心翼翼。風雪加劇,HK的深色衣褲上滿是茸毛般的白雪。我慢慢疲於舉步抬腿,先前的好心情也沒了。突然,HK輕快地向我喊道:「妳看到了嗎?」我抬眼,茫茫飛雪中,一座石塔隱隱可辨。幾分鐘後我們來到塔前,我原以為只是個廢墟,卻看到堅固的高牆森然,雪霧裡,顯得有些虛幻。這個塔樓想必因防禦目的而建,踞高點以眺望隘道下端的柏格爾(Bergell)和義大利。這個季節,塔樓當然是關閉著,就算開放參觀,我也不打算爬上去。正想著,小路上迎面有人魚貫走來,父母帶著兩個小孩。他們手握支杖,腳下套著蛙蹼一樣大大的雪鞋,嘻哈談笑。我忽然羨慕起來——這樣的風雪天這家人還有那麼高昂的出遊興致!

那幾天,雪一直下,沒有停下來的態勢。有時鵝毛大雪,有時雪花片片,有時落下雪珠子沙沙作響。我不免擔心,這樣下去會成什麼樣?每天早上,我望望窗外,想知道積雪又高了幾分。但究竟多了多少,卻很難說得準。只覺得院子裡樹下的

空隙越來越小，樹枝越來越下垂。木欄杆早就不見了，原地像沙丘一樣起伏綿延。等我們要開車出門時，才發現停在屋簷外的車子，一夜之間已覆上了幾十公分的新雪。

　　大雪過後的早晨，常可聽到低沉的「轟隆、轟隆」聲，我稱之為「炸雪」：用「人工雪崩」的方式來避免自然災害。每一年，瑞士山區都有因雪崩而造成的傷亡。曾有倖免於難的人描述遭活埋的經驗：「像千斤重的水泥壓覆下來。恐懼。無法呼吸。五分鐘的煉獄。」我看過雪崩後的坡地，就像土石流，怵目驚心。死灰色的雪，看起來硬幫幫的，簡直像石塊，堅硬無情。

　　然而總有人明知危險，仍要偏離滑雪道，越過警戒線。滑雪，是一項追求刺激的運動，多少人登上高地，就為了那向下滑衝的快感。滑到底了，再登纜車上去；上上下下，一天好幾趟，樂而不疲。近幾年常聽朋友們說，滑雪的人越來越多，不但擁擠，也常有衝撞事故發生。一些技術好的老手，意在伸展的年輕人，就會往更高的山坡走，往沒人的地方去。我不滑雪，卻喜歡看有人能滑得奔放又優雅。亮晶晶的山坡上，躍動一個矯捷的身影，像游蛇，在飽滿光滑的雪地裡畫上奇幻的幾何曲線。

　　冬天沒有雪，山上雪不夠，那簡直是災難。瑞士山區有多

少村鎮倚靠滑雪和觀光為生哪！一入冬天，大家都在談天氣，雪若下得太少，下得太遲，都令人擔憂。有時滑雪場地還得人工造雪補充不足。冬季的滑雪勝地熱鬧蓬勃，夜晚燈火燦爛。滑雪季一過（通常到四月復活節假期），山上反而進入「冬眠」，變得冷清。多數的旅館餐飲業、體育用品店、紀念品店、服飾店，甚至藥局，全都關門歇業，直等到六月中旬再開門，迎接夏季的遊客。

不說依賴滑雪的營利事業，就是一般人，誰不喜歡皚皚的白雪呢？有一年的十一月份，我正上著課，窗外忽然飄起雪來，學生們忍不住歡呼：「下雪了！」他們根本無心上課了，眼睛直直望著窗外，好像飄下來的是一片片的棉花糖。還好快放學了，我也就提早下課。他們奔出教室外，讓雪花落在身上，快樂地笑著，就像第一次看到下雪一樣。

別說孩子們，就是我，看到下雪也總是開心。一入冬，就盼望著早降瑞雪。雪啊，真是冬天的一件美事。沒有雪，冬天死氣沉沉，灰冷陰暗。下雪就像老天變魔法，手袖一揮，飄落雪花如星光，明亮了，也有了色彩。難怪人們每年期待「銀色聖誕」，雪使冬夜寧靜詳和，燈火變得更溫暖美麗。

除了聖誕節，瑞士的中小學二月份放兩星期的假，有些父母也藉機休假帶孩子上山滑雪。無論大人小孩，一到雪地，立

刻活躍起來。不會滑雪沒關係，可以滑雪橇。即使沒有雪橇，也可以堆雪人、打雪球，甚至乾脆在雪地裡打滾。我常看到成年人互擲雪球嬉鬧，玩得比小孩子還盡興。還有些人直挺挺地倒在雪堆裡，上下揮舞雙臂，爬起來後，地上留下一個輪廓，狀似展開翅膀的天使。我散步時總會見到幾個這樣的天使。有些人則喜歡在雪堆上塗塗寫寫，最常見的是書寫某某人的名字，旁邊再畫上一個「♡」形圖案，似乎潔白的雪，最能表達一份純真的情意。雖然這些字句，很快地將隨雪的融化而消失，不過熱戀中的情人在意的似乎不是海枯石爛，而是瞬間的愛意表達吧。

　　毛茸茸、潔白晶瑩的雪，總逗人去摸一把、戳一下。看到花園欄杆上的圓錐形積雪，我常會伸出手指橫向切過去，像小時候吃糯米餅捏玩紅豆沙般的好玩。雪的世界裡，總可以找到樂趣，人也似乎變得像孩子。你看，森林裡的小木屋覆滿了白雪，只露出窗戶，簡直就像童話中的糖果屋，屋頂上是厚厚的鮮奶油和糖霜。走入松樹林，枝葉上的雪隨風飄落，陽光裡，灑下金粉燦燦。這真是個童話國度，琉璃世界。

　　晴天，雪是藍天的顏色，亮晶晶笑著，讓人急著要奔出去，投入那片澄淨透明。沒有腳步踏上去的乾淨田野，有如鋪滿千千萬萬個碎鑽薄片；用手捧起，閃閃發亮，卻一會兒就消

融了，留不住，更帶不走。

我不滑雪，卻喜歡走路。雪地有時乾酥細軟如麵粉，走著不費勁；有時結凍了，踏上去「咕咚、咕咚」響。開始融化的雪地很難走得優雅，拖泥帶水，褲腳總被濺得斑斑點點。HK近幾年很少滑雪，而喜歡套上大大的雪鞋去山林裡踏出自己的路。走路有一個好處，可以更專心更從容地看風景。遠山近山連綿不盡，全都白雪披覆，卻又不是一樣的白。大雪後，山峰通體透明，像一整塊玉石矗立，陽光一照，頂端冉冉生煙。有些山壁像大理石，水洗過一般白淨光滑，有些則沉斂些，如凝固的油脂。

冬天的景色其實千變萬化，一點也不單調。

雪的可愛，在於它不僅讓人想要親近，也讓人願意在屋內靜靜觀賞，甚至單純地感受其悄然溫柔的陪伴。對我來說，下雪具有一種安定的力量，或許因為它凸顯了「屋子和家」的意義吧。就像在冷冷的冬天從外頭回到屋內，最能體會那種舒懶的溫暖與幸福。

「昨日之雪」是德文的一個表達語，意指過時的事物。據說典故出自一個歌謠，後來有詩人用來形容女人逝去的青春美貌。也許正因為雪的短暫易逝，才更使我們每年殷殷盼望著瑞雪降臨啊。

哭泣的冰河

　　HK說要帶我去看冰河時，我興奮極了！我生長於溫暖的南台灣，別說冰河了，以前連下雪都未曾見過。冰河對我來說，遙遠又古老，古老的如同已絕跡的長毛象。

　　彭特溪納附近有一個地方叫魔特哈奇，HK說那兒有冰河。魔特哈奇這個地名，聽來既粗獷有力又驚險神奇，尤其是字尾的「哈奇」，由當地人發聲，像是從山坡快速滑溜而下，生動有趣。到了那裡，我先看到鐵路軌道和一個小車站，原來伯寧納山線火車經過。車站旁有一家餐廳，樓上是旅館可住宿。

　　越過鐵道有條路，通往冰河的路。冰河遠遠的，在藍天下莊嚴閃耀。我們走在谷底，一路上坡。兩側山壁高聳入天，盡頭處合攏成一支上寬下尖的杯子，盛滿白亮亮的千年冰雪。走了才百公尺，看到路邊有一木牌，上面簡單寫著：「一八六〇年冰河口的位置」。我脫口喊道：「這裡？冰河曾在這裡？」HK只淡淡地說：「可不是嘛！」之後又說：「你能想像嗎？我們現在站的地方，以前都覆蓋在冰河下！」我抬頭望望山壁

上蓊鬱的松衫，再看看路旁茂盛的灌木叢和爭豔的野花，實在難以想像，一百五十年前這兒一片寒冰、寸草不生的景象！兩、三百公尺後，出現第二塊木牌：「一八八〇年冰河口的位置」。第三塊牌子出現在七、八百公尺後，年代是一九〇〇。換句話說，同樣是二十年，冰河倒退的距離卻加長了。這樣的牌子後來以每十年、甚至五年為一標記；最後連木牌也沒了，只在岩石上書寫了年代數字。以年代時間刻畫空間距離，或者更正確地說，用空間距離讓時間速度具體化；這些標記清清楚楚提醒著，在我們一步一步走向冰河口的同時，冰河也正一尺一寸向後消融。倏然間，我的心一緊：冰河融解，地球暖化，這些已不再是事不關己的學術研究或偶爾出現的新聞議題，它真真實實在我眼前——我正站在、走在一個大自然的變化中。

　　二〇一五年夏季我到魔特哈奇時，沿路上的年代標示已換新成統一格式，並且增加了有關冰河消融、生態演變等解說，數據資料也因而更詳細了。魔特哈奇車站與冰河口的距離是五公里，從一八六〇年到今日，每年冰河平均移動四十公尺。有一張圖表標示氣溫攀升現象與冰河融化速度之間的關係，這讓我更確定我曾見到與經歷過的。

　　那是二〇一二年歲末。HK的朋友帶著家人從德國到茵佳汀度假，離去前一天，我們一同去了趟魔特哈奇。那天陰霾無陽

光，冷風順著冰河而下迎面刮來；我們踏在冰雪上，腳步「咕
咚咕咚」作響。大夥一路談笑，很快也就接近冰河了。這時我
驚怪起來，跟兩年前相比，冰河明顯退縮了一大截，而我上次
來時還是夏天，冬季的冰雪多，尚且如此！難以置信的同時，
我也不免黯然──黯然也是因為要多走百餘公尺的路吧。冰河
前端有一個自然形成的洞穴，周圍堆疊著幾何形狀的巨大冰
岩。這些大自然的鬼斧神工透出寒氣青光，震懾又迷人。我們
的德國朋友快步向前，顯然對眼前的景象很稀奇。他們九歲大
的男孩急於一探冰洞，它看起來多麼驚險刺激。可不是嗎，旁
邊一塊上懸下虛的冰岩有如張開的大嘴巴，陰森森的，更增添
詭異氣氛。

　　這般的奇景在夏天是看不到的。二〇一五年夏天，魔特哈
奇冰河無可避免地又向上退縮了百餘公尺，我們得仰起頭來望
它。冰河中央收聚凹陷，看起來像一顆心，正涓涓淌水。可憐
的冰河，宿命似的，它在我們眼前消蝕！

　　幾十萬年前，冰河不僅覆蓋整個茵佳汀，還延伸至今日的
蘇黎世，甚至更北方的區域。冰河移動時夾帶的岩石在地面上
挖鑿出坑洞，日後積水成湖。瑞士山區大大小小美麗的湖泊，
原來大半是冰河造就的。我每回走在魔特哈奇谷底時，總忍不
住想像：這千仞的山壁，半公里寬的谷地，從前都滿滿的是冰

哪！那樣的高、廣、容量和力量，我必須很努力地去揣度。冰河退走時卻留下了痕跡，那是一道在山壁上有如利刃切割出來的分界線，線下方披覆著青翠的樹林，線上方僅是石塊沙粒；愈近冰河口，這道分界線的位置也就愈低，最後的幾百公尺，路面兩旁都是岩石，只有一些強韌的植物能在石縫中求生存。冰河谷地的地形景觀有如一個生態演變的活櫥窗，在漫漫的時間長河裡，各種的動物植物漸漸地在此安身扎根繁衍茁壯，也為谷地帶來了盎然生機與豐富多變的色彩芳香。

　　這是魔特哈奇吸引人的地方。冬天有雪，夏有野花。冬天可穿著雪翹雪鞋去，夏天適宜散步健行。夏天有鳥鳴，冬天呢，如果幸運的話，說不定能讓你撞見一隻寒冷地帶的稀有動物——HK有一年冬天就看到一隻難得見到的「雪兔」在他前方蹦跳。不管冬天夏天，去魔特哈奇只有一個、而且是明確的目的地——走到冰河口；儀式般的，像是去拜訪一個日漸衰微的老朋友，然後感慨又感恩地下坡回程，來回十公里。

　　融化的冰雪，夏季時滾滾成河，奔流而下。HK總喜歡沿著河岸走，有一次我也跟去瞧瞧，果真別有洞天。河岸與路之間由茂密的灌木叢隔開，而且相隔的距離逐漸加大。避開道路，也就避開了人群。這兒幽靜極了！看得見或看不見，這兒棲息著各樣生物；留意或不留意，花草臨水兀自芳香。不管你領不

領情，苔衣植物努力織鋪厚厚的氈毯，踏上去似乎會輕輕彈跳起來。樹叢之間面水處，有人搭了個僅供一人坐立的帳篷，因為背對著，我們沒看到人，也不想驚擾。是獨自沉思呢，或走累了歇息？這份雅興讓我嚮往，就像中國山水畫中，總有一兩個人的身影：樵夫漁父或文人，若隱若無的，在山壑間或曲水旁。

我並非每次都去河岸，視體力與天氣而定，因為有些地方不好走，還得跳過溼地水渠。我和HK有時因此分道而行，然後會出現這樣的約定：「我在一八八〇年等你」，或是：「我們在一九八五年碰頭」。標界冰河位置的牌子多了一項實用的功能，並且製造了隱語般的趣味。

魔特哈奇冰河其實不大，比它壯觀的冰河還很多，例如位在瓦利思州的阿勒其冰河（Aletsch Glacier）是全阿爾卑斯山脈面積最廣最長的冰河（長約二十三公里，所佔面積一百二十平方公里，最厚的地方將近一公里）。我去過阿勒其冰河，確實壯闊，令人印象深刻。正因壯闊，只能遠遠觀看，能看到的也還是一角。雖是一角，仍是壯闊，那地老天荒的感受可以非常強烈。魔特哈奇就不太一樣，它的位置和地形提供較多的觀看角度和心情。正因不大，它的變化明顯可視，比測量研究的數字更具體，也更感性。尤其那條通往冰河的路，讓人走向它，朝

聖似的,終而轉身下山。回程,總是疲累的,卻也常有收穫:或許因看到了壯麗的冰川,或許因歷經了一段時間與空間的對話,又或許觀察了有情無情的消長現象而不免疑問:魔特哈奇冰河還能存在多久?而在這個滄海桑田似的寓言裡,我們真的那麼無奈,那麼無辜嗎?

那年冬天,我們的德國朋友從魔特哈奇捧走一大個冰塊,說要留作紀念。臨走時,小心翼翼用塑膠袋層層包裹,放在汽車後行李箱內。恐怕路上會融化吧?朋友笑笑說:「那我們就有茵佳汀的天然礦泉水了!」我可以想像,朋友的車子急速行駛在高速公路上,遠離山脈,奔向城市,融入千千萬萬的車輛所形成的車流中,也融入汽車所排放出的廢氣與熱氣中。廢氣與熱氣又融入大氣裡,上昇擴散。朋友雖不願打開車上的暖氣,但冰塊仍無可避免地一路滴水,就像遠遠的冰河正默默飲泣。

山水之外

　　十多年前，幾個台灣朋友結伴到瑞士旅遊。飽覽風景後，一個女孩癡癡地說：「這一切都是真的嗎？還是瑞士人掛起大幅畫布給我們看呢？」這話聽來傻氣好笑，仔細想想卻有些道理。美如畫的風景背後，確實需要人為的專業與努力，才能讓我們舒適便利地登山玩水，置身於美好乾淨的自然中啊。

　　瑞士有密佈的公共交通網，火車、巴士和船隻銜接，精密的就像瑞士鐘錶的內部結構，也像瑞士鐘錶一樣準時。瑞士人又擅於開山洞、架拱橋，讓登山火車穿梭山間，讓旅客坐在冬有暖氣、夏有空調的車廂內，登臨峭壁，遊走峽谷；大片的觀景玻璃再收攬窗外的山水景緻，任由旅客驚呼讚嘆。瑞士又用高技術，搭設鋸齒車以及各式空中纜車，把人們送上山巔，眺望群山一峰高過一峰。鐵路不到的地方，由公共汽車繼續延伸路程，通常旅客才下火車，巴士已等在火車站前。瑞士鄉間的公車漆成黃色，它的前身是郵務車——尚未有汽車前，郵務馬車已絡繹於途。黃色的公車把村鎮連接起來，也使某些偏僻的

景點不再遙不可及。其實，許多公車行經的路段，本身即是接連不斷的好風景。公車在山路轉彎處，會發出特殊的鳴笛聲「笛～嘟嘟」，很有一種鄉野浪漫的情調。

　　除了便利的交通外，瑞士在資訊及服務上亦不馬虎。數年前，為了作雜誌的專題報導，朋友與同事來了一趟瑞士。他們行前雖已安排好採訪對象和拜訪單位，但朋友臨時想補充有關瑞士人休閒生活的題材而找我幫忙。當時是二月初，正好是節慶活動的淡季，我想不出什麼地方可去拍照，便打電話給瑞士觀光中心（Switzerland Tourism）詢問。我跟接電話的小姐說明我的需要後，對方給了我幾個建議，還說可以把全瑞士上半年的各地民俗活動節目單郵寄給我（當時的網路通訊不像今日普遍）。第二天我果真收到這份資料，再隔一天我們已在法語區的一個小城觀賞了當地的迎春送冬遊行。朋友忙著拍照，總算可以如願交差了。他的同事聽我說到瑞士觀光中心寄資料的經過，直說：「太有效率了！」

　　瑞士觀光中心是一個公法團體，受聯邦政府委託負責全國性的觀光事務，而各區域又有地方上獨立的觀光機構。茵佳汀是著名旅遊度假區，對拓展觀光不遺餘力，許多村鎮都設有資訊服務點。位於策爾內茨的國家公園中心，更以博物館的形態呈現，介紹瑞士國家公園的特殊地形生態並提供登山健行資

訊，既是旅遊中心又是免費參觀的博物館，很值得一訪。

　　我們去彭特溪納買菜時，偶爾會去旅遊中心拿一些實用的資料，例如登山健行路線圖或最新的區域火車時間表。其實不用到旅遊中心，各地的商店、旅館或車站就有許多的節目單——不需要特地去找，它們似乎就在眼前手旁。一些製作精美的，讓人見了就受吸引。講究一點的，乾脆出版雜誌，專題介紹地理人文。當我二〇一五年夏天看到《聖莫里茨》雜誌時，真是驚喜又佩服。這份雜誌不僅圖文並茂，製作專業，還有英文、德文兩個版本，而且免費贈送。我剛到瑞士時，一些也是外國來的朋友常半嚴肅半戲謔地提醒我：「在瑞士沒有『免費』這回事！」看來這話並不適用於此。

　　肯花錢，又用心做廣告宣傳，那麼有些什麼節目呢？常見的有音樂會、古蹟或博物館參觀、自然生態解說、親子活動、溫泉SPA、市集美食與品酒等等，這還不包括各式體育活動的場地設備（從網球、高爾夫球到風帆）以及競賽活動（例如著名的茵佳汀越野滑雪賽）。光是音樂會，又有古典、爵士、民俗、聖樂等之分，收門票或是免費之別，當然夏季與冬季的節目又各有重點。這些已是全部了嗎？不，人們還有心靈信仰上的需要，況且在高山上，大自然中，人們更能接近上帝啊！教堂當然關心這一點，印了單子提醒遊客，什麼時候有聚會禮拜

及專題講道；例如有次教堂以「綠色的禮拜」為題，講述神、人與自然的關係。即便不作禮拜，也可以去聽聽在教堂演出的音樂會，這樣的音樂會在耶誕節期間尤其多。其實許多教堂本身就是值得參觀的歷史建築。茵佳汀的教堂大都古樸典雅，內部彩繪牆面與木質結構極具特色。

我們並不常參加活動，有時剛巧遇上了，或者時間上允許，倒也樂意去看看。有一年暑假的早晨，我們在彭特溪納的森林公園聽了一場露天古典音樂會。那次的經驗很特別：原本的室內樂作品搬到了戶外演出，有種爵士樂般的自在隨意。空氣清涼，微風拂面，松衫的枝條隨韻律打節拍，連林中的小鳥也來湊熱鬧，硬要替貝多芬和莫扎特添加幾串鳴囀的綴音。

又有一年夏天，我們特地在夜裡搭乘纜車上到魔鬼山，為了觀看山頂放映的露天電影。當天播放五〇年代瑞士拍攝的黑白片《海蒂》，銀幕就搭在雪山冰河前。魔鬼山的海拔高度近三千公尺，雖是八月份，晚上的氣溫卻降到零度。組辦單位除供應毛毯外，還在一旁的大鍋裡煮上加香料的熱紅酒。《海蒂》的故事背景以及電影拍攝地點都不是茵佳汀，但在高山的星空下觀看這部影片真是對味。影片中的山景似乎融入銀幕後方的雪峰裡，讓我有時覺得在看電影，有時覺得自己在影片中。不知什麼時候，一輪明月從銀幕後跳出來稀奇地瞪著我

們：怎麼半夜了還待在山頂？

　　節目要能激起好奇，要有意思，要符合不同的興趣，想必頗費心思。而這些還只是大眾性的活動，有些針對特定對象所設計的節目，其稀罕、瘋狂，昂貴的程度，我們僅能稍稍想像。例如你若喜好狩獵，又志在罕見珍貴的獵物，更捨得掏腰包，那麼可以去瑞士南方的瓦利思州，也就是著名的策馬特與馬特洪峰所在的區域，獵捕大角羱羊。我曾看過一篇報導，瑞士政府每年開放一定數量的羱羊以供獵捕，瓦利思州大約是四百到四百五十隻。該州跟其他地區不同的是，發放給外地人甚至外國人打獵羱羊的許可執照。費用依羊角的長度計算，羊角愈長的愈貴──例如若是獵到的羱羊有一米長的角，必須繳納二萬瑞郎。因為所費不貲，最後雄壯高大的公羱羊常落入有錢的外國人手中。

　　據估計，瓦利思州靠收取羱羊獵捕費用，每年約有四十萬瑞郎的進帳，可謂不無小補。瑞士的高山區，特別是東部的格勞賓登州、南部的瓦利思州以及中部的伯恩高地，觀光旅遊為主要經濟來源。這種倚靠遊客為生的現象，可從著名的旅遊勝地聖莫里茨看出來：旺季時，特別是耶誕與新年假期，各飯店一房難求，早已客滿。生意好需要人手，於是雇用許多外地與鄰國的服務員和售貨員。但旺季一過，街上冷冷清清，外來的

工作人員離開了，多數商店關門歇業了，私人的度假屋子也門窗深鎖。

在發展觀光方面，聖莫里茨可說是茵佳汀的龍頭。行銷策略在聖莫里茨有百年以上的歷史，傑出的人才，成功的例子不勝枚舉。由一個真實又饒富趣味的故事可知一二：二次世界大戰剛結束時，聖莫里茨有一個人想到，與其坐等客人上門，不如去把他們找回來。他即刻去倫敦，在《金融時報》刊登一則廣告，不多不少就三個英文字：『I am here』（我在這兒）。第二天又是三個英文字：『Who is here?』（誰在這兒）。第三天在同樣的版面位置以同樣的尺寸刊著：『Hans Bon』。漢斯・彭這個名字，不用說，是當時英國上層社會所熟悉的，他還曾是首相邱吉爾家中的賓客。這個重要人物乃是豪華飯店蘇弗瑞塔（Suvretta）的第二代接班人。可以看出，他深諳廣告行銷術，更是一位具有國際觀瞻的旅館經營者。漢斯・彭的廣告登出後，效果立見，他的老顧客紛紛出現他所下榻的飯店。聽說，當時許多達官顯要乃是衝著他到聖莫里茨的。聰明機靈的生意人並不少見，但漢斯・彭能讓英國上流人士賞光買賬，必定具有讓人服氣的特質吧。說他足以代表聖莫里茨一點也不為過，他反映了聖莫里茨目光放「高」、放「遠」的一貫作風。

在瑞士觀光領域裡，許多主管具有企業管理與行銷的專業

背景，拼觀光如拼經濟。負責聖莫里茨的觀光事物長達三十年的達努瑟先生（H. P. Danuser），在二〇一四年出版了一本回憶錄，表面上談聖莫里茨、談任內的經歷與際遇，骨子裡更是一本行銷策略的書（當然也是作者的自我行銷）。達努瑟的主要任務是：把聖莫里茨推銷出去，把旅客從世界各地招引來。他去到許多國家地區，包括亞洲的中國和日本，參加國外大型觀光活動並與其交流結盟，跟外國城市締結姊妹城鎮，與其他觀光景點或城市互惠合作。達努瑟善打品牌策略，一方面突顯聖莫里茨的優點，另一方面努力讓這塊百年招牌更發光、更響亮。在他任內，聖莫里茨的標誌與名稱整體成為專利，隨後又為聖莫里茨添上「Top of the World」頭銜。「世界頂峰」的構想其實並非來自達努瑟，卻出自美國的一家行銷顧問公司。對於這個點子，達努瑟初時不免疑慮，向美國人婉轉表示：聖莫里茨雖然高，卻遠不及聖母峰甚至瑞士的少女峰。美國公司的回答很直接：「只有某些鑽牛角尖的瑞士人，才會在聽到這個廣告詞時想到地理正確性。對一般人來說，它意味著『尖端』與『高品質』。」達努瑟的同事們想必屬於這群「超級吹毛求疵的瑞士人」，因為他們對「Top of the World」的評語是：「太傲慢！」，「為什麼用英語？英語並非瑞士四種官方語言之一」。總之，他們覺得不妥，但又沒有別的替代構想。最後，

「世界頂峰」仍然成了聖莫里茨的新標誌,並隨著廣告遍傳世界各地。今天,「Top of the World」已名正言順成為聖莫里茨的同義詞,不知是廣告傳播太有影響力了?還是死腦筋的人變少了?

如果瑞士在觀光上給人的印象是新穎現代、專業周到,但另一方面,它又總強調傳統與地方特色(這也是行銷策略?)。「傳統」是什麼呢?應該也包括那股「吹毛求疵」、實事求是的個性。美國的行銷顧問公司畢竟看準了一點:聖莫里茨要冠上「Top of the World」稱謂,必須要有相當的根底與條件才行,否則這個廣告語連同聖莫里茨本身,不僅是「傲慢」而已,恐怕還會淪為笑柄。現代行銷術知道用簡單、響亮又具野心的標語來包裝,來表達,然而一個構想再怎麼新穎聰明,若是少了真材實料的產品——不論有形還是無形——也只不過是個空口號,像鳴砲一樣,熱鬧一陣就過了。務實苦幹、固執保守是一面,靈巧變通的行銷策略是另一面,兩者在此的目標一致,就是搞好觀光拼經濟;兩者相互幫襯,把聖莫里茨推上了「世界頂峰」。

「冰河列車」也有這麼一段故事。一九二〇年代時,瑞士的三家區域鐵路公司看到高山觀光的發展潛能,合作延伸原有的路線,以連結策馬特和聖莫里茨兩大景點。一九三〇年六月

二十五日一早，冰河列車載著七十名乘客由策馬特出發，十一個小時後抵達聖莫里茨。當時的列車有所謂的「沙龍車廂」，如同「東方快車」般豪華氣派。冰河列車穿山越嶺，驚險奇特，是鐵路技術與觀光上的一大盛事。隨後不斷改良突破，包括全程電力化，汰換舊車廂，掛有餐車的路段加長等等，總之，車廂變得更舒適，行車速度也加快了——雖然冰河列車被稱為「世界最慢的快車（Express）」。今日，策馬特和聖莫里茨之間的行車時間約八個小時，經過九十一個隧道、兩百多座橋樑，最高與最低點的落差約一千五百公尺。車廂全面裝有景觀玻璃窗，提供餐飲服務，旅客還可以透過耳機獲得重要景點的訊息解說——包括中文在內的六種語言供選擇。

　　然而，冰河列車的發展並非一路順遂。二次大戰期間曾被迫停駛，又因福卡（Furka）路段高險，直到一九八一年僅只行駛於夏季。這個路段卻正是「冰河列車」名稱的來源：因火車行經此地時，乘客可以望見隆河源頭的冰川。七〇年代末，冰河列車已年近半百了，不再新鮮，不再摩登。加上人們當時所關心的是汽車工業和高速公路，對鐵路缺乏興趣，冰河列車因此不受看好。一九八二年，福卡新隧道預計完工，有人便想到，何不藉此良機，讓冰河列車整裝再發呢？況且新隧道啟用後可以全年通車了啊。達努瑟在他的書裡提到這段事：他於

一九八一年春天邀集相關人士聚集商議此事，不料三家私人
鐵路公司的主管劈頭潑來冷水：火車改駛福卡隧道後，乘客將
看不到隆河冰河了，如何再以「冰河列車」之名重新出發？他
們是扎實的工程師，對地理問題可不苟且馬虎。然而市場行銷
卻另有一套思考方式：隧道以外的路段，乘客仍可以看到許多
其他的冰河，保留「冰河列車」之名並無不妥。「工程師們」
最終被說服了，幾方人馬達成協議，聖莫里茨和策馬特兩地負
責全球行銷，三家鐵路公司負責營運。成果來得快又好，自
一九八二年六月新隧道開通後，冰河列車的業績顯著提升，乘
客人數由二萬快速增長，直至九〇年代後，每年約有二十五萬
穩定的搭乘人數。

　　曾有媒體認為，冰河列車比瑞士本身還具有「瑞士性」。
就某種意義上來說，冰河列車確實創造了一種瑞士性。它不僅
呈現瑞士最美的景色之一，沿線的橋梁隧道，甚至火車本身，
也成為風景的一部份。如此的風景又如圖片似的，成為瑞士
風景的經典。旅客對車窗前移動的雪山峽谷、峭壁湖泊驚嘆之
際，其實亦是對冰河列車整體成就的肯定，包括鐵路營造技
術、行銷策略、注重品質、講求服務，以及不斷求新求變以製
造出一個既傳統又時髦的觀光產品。它，成為許多人對瑞士的
想像或印象。

　　說到服務品質，讓人想到瑞士的旅館經營和餐飲學校，聽說挺有些名氣。不知這些學校與瑞士觀光發展之間有著什麼樣的相互影響。我自己的經驗和觀察是，瑞士對細節及風格的注重。舉例來說，莫他是慕靄山頂的散步路徑旁冬季時有一些厚實的原木躺椅，椅上備有毛毯——灰色毛毯鑲綴紅底白色的瑞士十字圖案。椅子安置在視野好的地方，讓遊客可以歇歇腿甚至躺下來，一邊曬曬太陽，一邊賞景。雖然免費，但使用的人並不多。悠閒與清靜，在今日是難得的「奢華享受」。假若隨便置放幾張塑膠椅，放上五顏六色的廉價毯子，再用擴音器播放熱門音樂，那可真是煞風景了！

　　另一個例子是人人都需要，卻總避免談論到的「方便之地」。塞崗提尼小屋所在的山頂有一間廁所，它本身幾乎已成了一個景點，許多遊客拍照留念。這間廁所其實不大，而且樣式簡單：木板屋頂木板牆的結構下各有男女廁所一間。特別在哪裡呢？整間廁所的屋頂與外牆漆成鮮紅色，上面大大小小的白色正十字像星星一般落下。廁所蓋在岩石上，在二千七百三十一米高度的山頂邊，很顯眼，遠遠就能望見。我以前在山下看到的、以為是塞崗提尼小屋的「黑點」，其實是這間廁所——塞崗提尼小屋縮在後頭，從山底下是看不到的。廁所以國家圖騰為外觀，紅白色彩從粗獷的岩石與青山藍天中

跳出來，先驚你一下，再艷然巧笑道「歡迎」。近十年來，瑞士觀光領域以國旗圖案作識別設計似乎蔚為風氣，塞崗提尼山頂的廁所頗具有代表性：小而巧，簡單而乾淨，樸實的架構上，加抹一道花稍現代的印痕。

廁所的外觀亮眼也好，樸拙也罷，就像穿衣，每人各有所好。但一間乾淨體貼的廁所，絕對沒有人會反對。高山上的廁所還有技術上的講究。我有一個瑞士親戚從事暖氣與衛浴工程的工作，二十多年前他去少女峰參觀廁所污物的處理技術。據他說，穢物由粗鋼管排放到山下特定地點處理，但特殊的是，沿著鋼管兩側每隔一段距離有一個小型的加熱器，使糞便順利向下排放而不致因低溫凍結。這點比瑞士引以為傲的少女峰鋸齒登山火車還讓我印象深刻！少女峰是瑞士的重點觀光地，觀景台的海拔高度約三千四百五十四公尺，山上終年積雪。我去過一次，也已是九〇年代的事了。記憶裡，那兒的廁所乾淨又現代化。不知今日是否仍使用以前的處理方式？

談觀光旅遊，通常總強調歷史文化、景觀特色、住宿餐飲等等，其實像廁所這樣搬不上臺面的事，反倒最能看出一個地方的品質與管理。我在各地的旅遊經驗是，一些一流的景點或被列為世界文化遺產的地方卻大剌剌展現三、四流的「茅廁」，讓人不免錯愕，尷尬，蹙眉又掩鼻。要落實「文化」之

名，恐怕必須先在小事上下功夫。

　　話說回頭。許多人到瑞士旅遊，印象最深的仍是它的湖光山色。散文家朱自清在《歐洲印象》一書中這麼形容瑞士：「瑞士有『歐洲的公園』之稱。起初以為有些好風景而已；到了那裡，才知無處不是好風景，而且除了好風景似乎就沒有什麼別的。這大半由於天然，小半也是人工。」「人工」指的是火車輪船的便利，尤其是登山火車的搭建技術。換句話說，朱自清主要看到了好風景，也注意到了交通設施，而其他就「沒有什麼別的」了。瑞士在觀光上發展得好，主要因具備了發展觀光的三個要件：風景、文化與體育活動。瑞士的許多區域同時擁有這三項資源，且擅於利用並連接整合，這從茵佳汀多樣性的活動就可看出。況且，正因為處處有好風景，所以就更需要突顯地方特色。如果聖莫里茨和策馬特相似，何必跑兩個地方呢？到策馬特不僅有三角形的馬特宏峰可看，去聖莫里茨也不光是為了滑雪遊湖；兩地各有人情風俗、文化氣質，何況建築風格、歷史人文也各異其趣。山水與人文其實難以分隔，也毋需分隔。這一點，瑞士觀光業大概很早就意識到了。

　　弔詭的是，刻意製造或表現地方性後，常常演變成一窩峰似的樣板化，例如一些房子乍看像是老木屋，卻是徒具外表而無神韻的粗劣複製品。具有歷史的傳統建築樸實優雅，比例勻

稱，耐看更耐用。然而愈來愈多的度假屋一群群蓋起來，全都大同小異，屋前一定有深廣的車庫，每層的陽台盡量加大加寬，玻璃門窗越大越值錢。這樣的房樓毫無傳統建築的風格和精神，卻漸漸取而代之，成為新的「傳統」和「特色」。這就像在瑞士的中國餐廳幾乎門前都掛著紅燈籠，裡頭裝飾蟠龍飛鳳，女侍者一身改良式旗袍，在鄧麗君的歌聲中端來既不夠辣也不夠麻的麻婆豆腐。這種樣板已成為老外眼中的「道地」中國餐廳。

所幸，總有人不願迎合大眾品味。近十年來，瑞士山區出現一些簡單明淨的木造房子，不招搖不搞怪，巧妙地與當地環境融合；現代感十足，卻真正掌握傳統的精髓與人文氣質。沒有任何地方能永遠停留在過去，問題是如何在延續傳統的同時，創造新世代的風格，讓文化特色不老化，不僵化，更不庸俗化。

然而，難的也正是尺寸的拿捏、取捨權衡的標準，何況所謂的「創新」、「風格」、「傳統」，又是見仁見智，各有理解。數年前，某個建築事務所提出方案，要在莫他是慕霭山頂蓋一間美術館。HK聽聞後非常激動：「這分明是個噱頭，藝術作品非要搬到二千五百公尺的山頂展覽嗎？遊客到山上不欣賞自然美景卻進到美術館看一幅幅的畫作，簡直捨本逐末！何況

他們的建築設計與山頂的環境不和，只會破壞景觀。」這個提案最後被當地居民否決了，HK也鬆了口氣。我們無法知道，有多少類似的構想提議正浩浩蕩蕩進行著。我們並非專家，只是憑著一份對山水的情感而不免擔憂，擴展觀光一旦過度，會不會適得其反呢？畢竟瑞士的最大資源與特色，正是它的好山好水啊！

空氣好，水乾淨，風景自然好。而現今的時代，要維護自然的潔淨美好，除了技術（例如生態保育，水質淨化，雪崩防治，能源利用等等），更需要遠見與魄力。如果經濟利益與自然環境、開採剝奪與休養生息之間，能從對立衝突轉為平衡和諧，那該多好。或許我內心有這麼一個祈望：一個山明水秀、經濟富裕的國家不僅是個旅遊天堂，更能做到人與自然間的和睦相融，成為可供仿效的範例。

山水，豈止是風景而已。

▲ 海蒂──山的孩子。電影「海蒂」劇照。1977年。

山的孩子

　　我們走在白雪皚皚的山坡上。突然，一個黑影從身邊閃過，一陣風似的，已在前方數尺外。我定晴一看，是個八、九歲大的男孩，滑著雪板朝坡底飛去。我再向前望，幾株大樹下有一間小木屋，炊烟冉冉。我不禁微笑：難怪他趕得那麼急，原來媽媽正煮著午飯等他回家呢！

　　這男孩大概一早去村裡的小學念書，中午回家吃飯。每天來來去去，上坡下坡，難怪身手矯捷。冬季裡，出門時天尚未亮；大雪過後，恐怕連路的蹤跡也沒有。他對這段路想必已熟爛了，就像所有在山裡長大的孩子一樣。

　　其實大多數的瑞士人，多多少少都算是山裡的孩子。瑞士多山，山與瑞士密不可分。山，對於瑞士和瑞士人來說，除了地理上的重要性外，更有社會政治和文化情感上的意義。瑞士孩子爬山與學滑雪，幾乎是天經地義的事。登山健行是瑞士的全民性運動，冬季運動甚至是國家的一種身分認同。許多孩子三、四歲開始學滑雪，不然上小學時也有機會參加學校舉辦的

冬令營。每年二月初，瑞士的中小學放兩星期的「運動假」，顧名思義，目的在於健身運動——也冀望多培養幾個奧運選手吧。

HK常說起，他小的時候每逢假日，父母一定帶著全家郊遊遠足，冬季則上山滑雪；他的同學朋友們也都如此。我自己也注意到，瑞士人全家出遊爬山的情況很普遍。如果孩子還小不會走路，難不到喜好登山的年輕夫婦；爸爸背孩子，媽媽背背包，奶瓶尿布帶著，照樣出門。幼兒舒舒服服地兜在背袋裡，好奇地東張西望；即使睡著了，大概也會夢到起伏的山巒，滿鼻的樹林芳香。

如果孩子大到可以走遠路，就再沒有這般的待遇了。有一次在山路上，我們遇到大大小小一群人正要爬坡，一個約六歲大的男孩哭鬧著說他走不動了，他的父母安撫一番後，繼續趕路。除了小男孩外，父母和哥哥姐姐們都各自背拎著大大小小的背包物件。他們走的那條路通往一個山上的營地，我尚未去過，HK說以他的腳程大約一個半小時可到。我望了望漸漸走遠的大人與小孩，不禁發起呆來。在此之前，他們已走了好幾公里的路了，因為最近的停車場和公車站在四、五公里外。小男孩已由媽媽牽著安靜地往前走——我知道，他再怎樣累，最後還是會走到目的地，因那是唯一也是最近的可過夜的地方，

而且第二天他必定生龍活虎般快樂跑跳，忘記所有的疲累和抱怨。

　　瑞士境內有一百五十多個開放式的山上小屋（Hut），讓登山健行者得以過夜歇息甚至小住幾日。這樣的小屋總在風景絕美、視野良好的地方；不在山顛，也在湖畔，先得爬坡走遠路才能到達。大部份的小木屋於夏季時有管理人員在，也供應伙食，但有的則必須自己動手炊煮。我去過一個這麼樣的木屋，屋後是一個美如夢般的綠湖，屋內一邊是爐灶櫥櫃，另一邊是可睡六、七個人的通舖。陳設簡單卻乾淨，該有的都有了。廚櫃裡放著些麵粉麵條咖啡茶包等乾糧，櫃上貼了張價目表，若取用，自行把錢放在一個小鐵盒內。我們並沒有住宿，坐在小屋前的木椅上野餐，之前爬坡的疲累頓然一空。稍候HK繼續朝下一個小湖走去，我一個人在木屋前曬太陽。四周真安靜。我想，在此地過夜會是何等情景呢？浪漫的星空？還是闃暗寂靜得駭人？無論如何，必定能深刻體驗一番山野生活。

　　我還去過一個較大的營站，有分開來的房間，像個簡單的活動中心。讓我印象深刻的是房間前的架子上有孩童的用品，從衣鞋玩具到奶瓶都有，看來有些家庭專程來度假。我們到的時候沒看到人，大概都爬山去了。

　　從小跟著父母爬山的孩子，一定常常走向山裡吧！HK若許

久不去山上，就覺得生活裡少了些什麼。他喜歡登山健行，尤其喜歡走在茵佳汀的山裡。其實蘇黎世也有山也有樹，也是郊遊遠足的好地方，但對他來說就是不一樣。不一樣在哪兒呢？高度不一樣，空氣不一樣，光線不一樣，說不上的不一樣。我想，最重要的是，那裡是他從小常去的地方：熟悉的小徑樹林，看慣的山嶺曲線，高峰上飄渺的雲霧白雪⋯⋯慢慢的，我似乎也能體會那般的心情。每回望著遠山近山發呆時，我會想到另一個「山上的孩子」──那個有名的、讓許多人喜愛的小女孩海蒂（Heidi）。

海蒂是瑞士女作家約涵娜・施碧里（Johanna Spyri）小說中的人物。故事有上下兩本，分別於一八八〇年和一八八一年問世。施碧里不僅寫出了一部成功的兒童文學作品，更塑造了一個廣為傳播與喜愛的人物。一百多年來，海蒂的故事被翻譯成五十種語言，改編成無數的電影電視劇，漫畫集動畫片；其暢銷與受歡迎的程度，可算是「哈利波特」的前輩。

海蒂是個孤兒，由阿姨撫養照顧。阿姨在她五歲時把她帶到山上交給外公，因為她在德國法蘭克福找到一個幫傭的工作。外公個性孤僻，脾氣古怪，村裡的人都怕他，但海蒂喜歡他。外公其實是個好人，他給予小女孩一個溫暖的家。海蒂每天跟著牧羊童皮特去放羊，採野花喝鮮奶，快樂又健康。兩年

後的某一天，村裡的牧師來找外公，勸他讓海蒂去上學，但老人認為村子和外頭的世界只會使孩子變壞。海蒂的阿姨接著也來了，把她帶到德國陪伴癱瘓的女孩克拉哈。克拉哈的家庭很富有，母親已過世，父親澤瑟曼先生經常不在家。女管家嚴厲古板，在她眼中海蒂如同野孩子；克拉哈的祖母卻很慈祥，教海蒂讀書認字。克拉哈很高興有海蒂的陪伴，兩人成了好朋友，然而海蒂始終過不慣都市生活，她想念山上的一切。有一天她爬上教堂的鐘塔，希望能看到遠遠的山脈。她的思鄉病越來越強烈，竟在夜裡像幽魂一樣遊晃。澤瑟曼先生和家庭醫生知道後，決定送她回瑞士。海蒂歸來，外公高興極了，去村裡的教堂做禮拜；村人看到他，既訝異又歡喜。外公決定讓海蒂去上學，海蒂也說服皮特讀書認字。隔了一年的夏天，克拉哈來到山上拜訪海蒂。好朋友相見異常開心，皮特卻吃起醋來，把克拉哈的輪椅一腳踢到山谷裡砸得稀爛。沒了輪椅，克拉哈祇得學習站立及邁步。在海蒂與外公的鼓勵與扶助下，克拉哈竟奇蹟似的能獨自走路。大家都為此高興，皮特也不再感到內疚了。為了表示感謝，克拉哈的爸爸應允外公照顧海蒂，使其未來無衣食之慮。

　　施碧里寫海蒂的故事寫得生動有趣，人物鮮活——雖然也免不了樣板型的角色，例如慈祥的祖母和嚴厲的女管家所構成

的對比。書中引人入勝之處，是透過小女孩的角度呈現高山牧場的生活風貌。讀者隨著海蒂輕快地在山中奔跑跳躍，驚歎於夕陽染紅的山頂，著迷於草地上各色各樣的小花；牧草床真是又鬆又軟，屋後的老衫樹在風裡沙沙作聲。海蒂的故事受喜愛的原因之一，是它呼應了十九世紀以來人們對瑞士高山的想像與嚮往。而小說的暢銷與流傳，又強化並且傳播了這般的形象和想像。在觀光業的推助下，小女孩海蒂與高山完美地結合起來，象徵一個理想、美好、純真的世界。

　　然而，施碧里的小說並非只呈現純真美好的一面，它還觸及嚴肅的社會現實像是孤兒、貧窮、到國外當傭工、城鄉差異等問題，反映了小說寫作的時代背景。十九世紀的歐洲因工業化而導致社會結構、價值觀、生活節奏各方面的急遽改變；瑞士也不例外，特別是在較大的城市裡。有些作家著筆描述人們在變動下的不安、迷惘和失落感，有些則歌詠田園生活以尋覓世外桃源。施碧里的小說中，海蒂的外公離群索居並對外頭的人事失望，即反映了這樣的想法。施碧里本人在鄉間長大，後來因就學遷到蘇黎世，這段時日她過得並不快樂。然而她沒有因此讓書中的主角「隱避」山中——事實上，山區亦非全然美好，有著貧窮等前面所提到的問題。施碧里讓海蒂遠離家與鄉，把她放到一個陌生的大城市裡，一則透過她的經歷與感

受，將城市與山區做了個對比，二則經由新環境的衝擊與考驗，使之成長學習並獲得轉變的契機。如果海蒂一直留在山上，她會變得像外公和皮特一樣頑固封閉吧。施碧里強調學習的重要，小說的第二冊標題乃是「海蒂可以用上所學的東西」：海蒂因在澤瑟曼家中學會認字，回到山上後不但唸聖歌給皮特的瞎眼奶奶聽，也給外公講述聖經裡「浪子回頭」的故事，促使外公改變心意讓她上學。也由於她用聖歌裡的詞句安慰並鼓勵痛失女兒的德國醫生，使後者重新找到生命的喜樂。醫生甚至決定搬到山上居住，海蒂也因此多了一個保護她的長者。

　　海蒂學到了東西並能運用，不但改變了她自己的命運，也影響了他人，進而使未來顯現得樂觀而開放。這裡的學習，應該不只是認字和吸取知識而已，更是面對生命困境的勇氣和積極態度。外公、皮特、澤瑟曼一家人，甚至醫生，都因由海蒂而認識了生命的強勁、美好、喜樂與希望。而這一切，全由海蒂的返家所促成。海蒂返回山上，其意義的重要就跟當初她去德國一樣。更重要的是，海蒂在體驗了城市生活後並沒有喪失純真自然的本性，去將就新規則新模式──包括做作勉強的禮節規範和教育方式（體現於女管家一角）。也正因海蒂的開朗強韌和勇敢善良，才能感動並鼓舞周圍的人。

　　說到底，海蒂是一個山的孩子。海蒂讓我印象最深刻的，是她爬上法蘭克福教堂的鐘塔為了一瞥遠山的舉動。在我看來，這與畫家塞崗提尼病危時大喊：「我要看到我的山！」一般，卓然不凡，令人動容。其實海蒂想看到的山，豈僅是她從小看慣的自然環境而已，應該更是山所具有的穩固堅強的內在力量。海蒂能夠通過考驗，或許是這份力量的支撐吧。因此有人認為，海蒂的故事能夠跨越國度文化及時間的界限，乃是它為生活在動盪不安的人們提供了一個支柱與希望。

　　也許這是為什麼，山總是吸引著我們吧。

國慶日在山上

　　瑞士人過國慶日的熱忱和興致，很令人著迷。這種情景愈到鄉間山區，愈顯深刻。

　　首先，瑞士人較少用「國慶日」這個名稱，卻說「八月一日」。瑞士人說「八月一日」時，用一種特殊的熟膩語調，夾雜著一絲興奮，語氣就像做媽媽的跟鄰居講「我們家小毛要過生日了」一般。七月中旬開始，過節這件事就頻頻被提醒，例如：「慶祝八月一日，香腸烤肉特價優惠」──肉鋪的黑板上不忘畫上可愛的煙火圖案。麵包店也在門外顯眼處放置了彩色看板：「八月一日維粳」新鮮供應。所謂的「八月一日維粳」是一種圓滾滾的奶油小麵包，像「開口笑」一樣裂開成十字，再插上一枝小國旗，真有搖旗助興之勢。應節用品像是炮竹、燈籠、國旗等就更不用說了，它們像夏季茂盛的花草，突其不意似的，熱鬧登場。好吧，這些是商家促銷，我們不談，也不談官方的活動，來看看一般老百姓怎麼過節。

　　過節前兩三天，我去街上或菜市場，前後左右聽到好禮的瑞士人相互預祝「八月一日快樂」。親朋好友邀約過節，就像中國人慶祝中秋節一樣。有一年我們應邀去朋友家過節，不但見到了朋友的兒女和孫兒孫女，也認識了好些其他的客人。大夥在院子裡圍著爐架烤肉，你添醬我加料，七手八腳，好不熱鬧。晚餐後，主人在花園裡掛起燈籠，點上蠟燭，還提供了一場小型的煙火秀。大家在燭光裡星空下——也在莊嚴的國旗下——舉杯暢飲，開聊至深夜。又有一次，我們去北歐看HK的妹妹，她的第一個反應是：「太好了！我們可以一起慶祝八月一日。」當天她預備了晚餐等著我們，院子裡還掛了一幅瑞士國旗。

　　瑞士的山上或鄉間，常可見到民家的花園裡擺置著陶土或塑膠材質的小矮人、小動物之類的裝飾品。原本已經很熱鬧的園子，到國慶時又錦上添花一番：紅色杯燭、小國旗，還有五顏六色的旗幟，與盛開的向日葵大理花競豔。農村物品像是牛鈴，山上特有植物像是龍膽花雪絨花，這會兒與瑞士的國家圖騰擺在一起，普天同慶。在小村鎮裡散步一趟，滿眼的色彩和小玩意，彷彿聽得到喧騰歡呼聲。這些應節飾品有時一直留到八月底。

　　瑞士國慶的鄉土風格，可從惠特立慶祝活動看出。惠特立

（Rütli）位於瑞士中部一個山坡上，相傳瑞士最初結盟的三個邦郡曾在此地起誓結盟，因而被視為瑞士聯邦的發源地。每年八月一日惠特立都有傳統慶典，除了演說外，還有阿爾卑斯山號角演奏，以及瑞士特有的拋甩國旗表演──穿著傳統服飾的男子優雅地把國旗拋向高空，再把緩緩落下的國旗接住，週而復始。前往惠特立有兩個途徑：搭船或步行。搭船較省時省力，但最終還是要走一段上坡路；換句話說，要去惠特立參加慶典的人，必須先爬到山坡上。

登山健行是瑞士的國民運動。八月一日當天，許多瑞士人出外遠足郊遊，至於他們究竟是利用國慶假日出遊鍛練，還是以此方式慶祝國慶，似乎就不重要了。近幾年還盛行去農村過國慶日，節目大約是：前一夜入宿農莊睡麥草堆，早餐享用新鮮牛奶、自產奶酪加上國慶麵包，至於午餐，那當然是瑞士鄉間的招牌菜：馬鈴薯煎餅外加一條香腸。

說到香腸，有一些講究的細節。香腸有紅白兩種，白的較長，紅的較粗。國慶日那天通常吃紅色的香腸，而且最好在戶外烤來吃。瑞士著名的折疊小刀這時就能派上用場了：取樹枝削尖，插入香腸中段，再將香腸的兩端劃開成十字，然後伸向火堆上烤。這個十字，他們說，想法來自瑞士國旗的圖案，就像應節的麵包也裂開成十字一樣。

　　瑞士國旗上的十字，看似尋常，其實不簡單。暢銷小說「達文西密碼」一書中，被形容為象徵和平的等臂十字形出現在一把關鍵性的鑰匙上，讓符號學專家蘭登教授苦思良久，試圖找出其中隱藏的意義。當蘭登知道那是一把瑞士銀行保險箱的鑰匙時恍然大悟：等臂十字形「早已成為中立國瑞士國旗上的完美象徵」。方正、和平、中立、銀行和保險箱。由一個十字形扯出了這些與瑞士相關的元素，確實引人入勝。我真正開始注意瑞士國旗倒是後來的事。每年國慶日HK總可以發現幾個不正確的十字圖形而生氣，我看了看他指著的報紙廣告或是插在麵包上的小國旗，方方正正的十字，有什麼不對呢？HK說：「包括瑞士人在內，很多人誤以為瑞士的十字是由五個等邊正方形構成，中間一個，上下左右各一個。其實只有中間的是等邊正方形，其他四個則是長方形，多出的長度是中間正方形的六分之一。」他邊說邊畫給我看，我才弄清楚何謂正確的瑞士十字形。

　　除了等臂十字形外，瑞士國旗本身也是一個正方形。方正的旗幟加上方正的十字，不知是否與該國該民的性格特質互為因果？有一點可以確定的是，它很實用，因為不論正反左右，怎麼看、怎麼掛都是對的，不會出錯。

　　簡單又鮮明的紅底白十字（國際紅十字會的旗幟源出於它

但顏色對調），在八月一日時，熱熱鬧鬧地以各具「創意」的姿態出現在物品、服飾，甚至食品上。在瑞士，人們覺得愛國家愛國旗，就要親近它，把它展示出來，穿上身，甚至吃下肚。

八月一日的晚上，山上仍有燃燒火篝的習俗。火篝用樹枝木材堆成一米高，立在山頭上，據說沿襲自古老的通訊方式，山中村落遭逢重大事件時藉以聯繫或預警。我在茵佳汀不曾見過國慶煙火，倒是黑夜裡山頭上的火光另我印象深刻。如果八月一日的白天是歡樂熱鬧的，那麼晚上則有一股靜肅的氣氛——熊熊燃燒的火篝，很容易把人拉入一種原始的莊嚴中。有一年國慶日我們晚飯後去散步時，被鄰居農舍前的火光吸引而走上前去。塔勒先生站在火篝前，不時撥動一下柴火。我們互相祝賀國慶後就都沉默下來，靜靜望著跳躍的火焰。我不禁想，是什麼維繫了這樣的傳統？這裡沒有滔滔的政治演說，沒有激昂的國歌軍樂；說到底，跟「國慶日」似乎也沒有多大的關係。八月一日其實是一個象徵：人們需要一個日子來進行一項儀式，延續一個傳統；這項儀式原始又莊嚴，呼喚對家園的守護，也傳達了對山水的情感——山和水，就是他們的家與國。

瑞士的山和水是它的標幟。瑞士沒有廣大的版圖，也沒有

輝煌的歷史；華麗的宮殿城堡、壯觀的古蹟建築都不在瑞士。我的瑞士朋友們自我陶侃說，瑞士人不懂繁文縟節，因為他們是農人牧人的後代。從瑞士的地理環境來看，這句話多少是實情。瑞士國土的三分之二山脈綿延，其餘三分之一的土地亦非平坦。這樣的自然條件塑造了瑞士人簡樸耐勞頑強的山民特質，也使他們趨於保守內向。歷史上，這塊土地無數次被鄰近的法德奧義強權侵占控制，他們起來反抗、爭取獨立後，一邦郡一邦郡結盟成聯邦國，發展出自成一格的政治體系。瑞士曾是貧窮國家，年輕人必須去當別國的傭兵。叢山峻嶺是局限，也是挑戰，瑞士人因而很務實。他們善用自然資源並積極發展觀光事業；長期中立立場使瑞士得以在國際關係上扮演斡旋的角色，又在金融領域裡博得穩定可靠的形象。這個山巒起伏的國家已走出了一條變通開敞的路。

　　辜且不論瑞士現今所面臨的轉變與挑戰，這個小而和平的山中國家對許多人而言就像小矮人的傳說一樣，具有些許的童話色彩，只是我們不要忘了，真實生活裡小矮人必須辛勤工作才能維護美麗的家園，也才能在八月一日時在十字旗下歡度國慶。

有機牧場作鄰居

　　許多人初次來我們的住所，總錯過不起眼的入口，把車子直接開到我們鄰居的院內。沒有人會出來抗議，甚至連人影也不見，頂多一隻貓快速閃過。那裡是一個農場，入口沒有大門或柵欄，一棵老松樹下掛了個牌子，說明此地是私人產業，牌子上方是瑞士有機農牧的標誌。

　　塔勒夫婦經營這片牧場二十多年了。我還是兩年前才知道，原來他們是佃戶，不是地主。他們的住屋退在後面，前面靠入口是牛棚和馬廄。牧場範圍遼闊，一邊順著山勢延伸入樹林，另一邊溜下坡直到公路邊。靠著我們和其他房子的這一側，有低矮的木柵欄區隔，主要為了阻擋牛隻越界吧。久歷風雨的木柵欄已成黑褐色，宛延草坡上，是一種簡單樸質的美。

　　有了牛群和草地，自然就有牧野情調。有時，牛鈴的噹噹聲穿過房間微開的窗戶，在清晨輕輕地喚醒我。夜晚隱隱傳來的牛鈴聲像是鄉野版的小夜曲，靜謐又溫柔；我覺得自己好像也躺臥在軟厚的草地上，在繁星滿布的穹蒼下甜甜入睡。據

說，牛隻聽著規律輕柔的鈴鐺聲可以睡得比較安穩，因為牛群裡會有「守夜」的牛，牠們的鈴聲乃是周遭安全與否的信號。

塔勒家的牛隻常在我們屋外的木柵欄邊休憩，那兒有幾棵高大的杉樹，枝影婆娑。塔勒夫婦在樹蔭下放置了一個舊浴缸盛接雨水，供牛隻飲用。有時我在廚房忙，一抬頭，窗外有個傢伙正朝這兒東張西望，看到了我，「哞」了一聲，像跟我說「嗨」。我們走近時，牠們總會聚攏過來，尤其是小牛犢，一點兒也不怕生。見到牠們可愛的模樣，禁不住讚美幾句；牠們搧一搧耳朵，兩隻大眼睛炯炯清澈，好像聽得懂我們的話。誰說牛笨呢，是我們不懂牠們吧！

住在農場旁邊卻也有缺點。塔勒家的牛棚和堆肥池靠近我們這側，夏季裡蒼蠅特別多；遇上潮溼天氣而風又偏從農場那邊吹來的話，牛馬的糞便味和牧草的霉腐氣陣陣可聞。我曾看過一篇報導：有些富裕的台灣人在鄉間買房或蓋屋，想一圓開窗便見青山稻田的田園夢，卻未料到蚊蟲之擾，更不堪農人三天一施肥、五日一灑農藥，沒過多久就逃回城市去了。所幸塔勒家是個有機農場，沒有化學藥劑之害，一切總還是「自然氣息」。何況待的時間夠長的話，也就習以為常了。

農場上養著三十多頭牛，是塔勒家最主要的收入來源。瑞士農場多數生產牛奶和乳酪，但凱瑟家做肉類生意。牛隻長到

九個月大就被送到屠宰場，然後貼上有機標籤出售到肉店。塔勒夫婦會留一些牛肉冷凍在家裡，附近知道的人可以直接去購買。他們也自製當地有名的香腸Salsiz，那是一種細條狀的風乾香腸，吃時斜切成薄片，佐以麵包和紅酒，純厚有勁。山上的餐館幾乎都有這道簡單的佳餚。

我們不太吃牛肉，卻總去農場買新鮮雞蛋，聊為捧場。塔勒家的屋後放養著十幾隻雞，不但自由自在，又吸取高山的清新空氣，難怪所生的雞蛋個個飽滿碩大。

三十頭的牛加上一些小規模的副產品，這樣夠養活全家四口嗎？我望著牧場的牛群和草地提出這個問題。ＨＫ對這方面所知不多，他猜想政府應該有補助。他回答我：「他們過得也許比我們還要富足！」我馬上說：「這倒是真的，起碼他們不用整天坐在電腦前，不用跟人競爭或拼業績。」想想他們，前有山後有林，空氣清爽流水澄澈，這可是都市人企求不來的。有一回我們跟塔勒先生閒話家常，他半開玩笑地說：「你們有假時才能來，我們則一直待在這裡，一直度假哩。」他的目光越過草地眺向遠方，神情自然又寧靜。在短暫的沉默裡，我想，塔勒先生應該不是說笑而已。

然而，高山牧人的營生畢竟不容易。除了農場上要做的活兒，塔勒夫婦還兼了許多副業。只要是假日，特別是寒暑假旅

遊旺季，塔勒先生總會駕馬車去彭特溪納排班，載客遊羅塞格谷地。冬季生意通常較好：遊客在冷天裡懶得走遠路，坐馬車賞雪景，輕鬆又逍遙。不過這門生意也並不好賺，早上十點前沒人會去坐馬車，冬天的下午四點就已天黑了；幾個鐘頭的時間內，來回一趟加上排班等客，一天賺不了幾趟的生意。有天下午我們遇著塔勒先生駕馬車回家，他垂頭喪氣，忍不住發牢騷：整天在刺骨的寒風下排班，卻一個客人也沒有。那天又陰又冷，氣溫零下十幾度。

大雪過後的早晨，我們常看到塔勒先生駕駛除雪車來回穿梭。冬季除雪，夏季除草，這也是他的副業。附近的房子大都是度假用的，平時空著。花園裡除草剪枝，屋內打掃的工作，聽說都交給塔勒夫婦。HK家的屋子離農場近，自然也委託他們照料。有時我們冬季裡上山，出發前一天告訴他們，請塔勒太太把屋內的暖氣打開，不然屋裡冷得像冰庫一樣，要暖個半天。塔勒太太對屋內的種種，比我還熟。有一次我一個人在家，天已黑，卻突然沒電了。我猜想是保險絲跳掉，試圖處理。我拿著隨身型迷你手電筒摸到地下室，電源雖找到了，但好幾個開關一字排開，我不知如何下手。猶豫了一陣，決定向塔勒太太求救。她在電話裡輕鬆地對我說：「去地下室把電源重新扳開就行了啊！」我跟她解釋我看過了，但搞不清楚哪個

開關，為了避免出錯，請她過來一趟。她進屋來，瞄了一眼我的手電筒，隨即不知從哪個抽屜裡取出一支大號的電筒來，走到地下室，「啪」地一聲，燈亮了。我既高興又尷尬——那輕脆的「啪」聲，好似一記耳光落在我的臉頰上。隔天她見到HK，少不了開點玩笑：「昨天你的中國嬌妻似乎很驚慌喔！其實沒事的啦！」

塔勒家有一個小園子，夏季種些強韌易養的花草，倒也繽紛熱鬧。幾個塑膠材質的小矮人散置其中，讓人見之莞爾。白雪公主和七個小矮人的故事幾乎每個孩童都聽過。有關小矮人的傳說在歐洲很早就存在了：他們頭戴上尖下垂的布帽，生活在山間或岩洞裡。瑞士人似乎很喜歡勤勞的小矮人，把他們擺在花園裡作裝飾，在鄉間和農莊尤其常見。我不確定塔勒家的小矮人是否陪伴白雪公主，倒是幾隻貓喜歡躺在他們旁邊曬太陽，猛一見，還以為又多添了幾個。

園子另一側，是堆放「綠色垃圾」的角落，我們有時也會把水果皮青菜殘葉倒在那裡作天然肥料。塔勒家不僅是個有機農場，還是「資源回收」的好地方。我還發現一個有趣的現象：耶誕節過後，草地上會出現一些橫七八豎的耶誕樹。原來馬兒喜歡嚼食樹上的針葉，於是有人把功成身退的耶誕樹抬來給牠們當作點心。

　　塔勒家有三匹馬，除了租給人騎用外，拉車通常只用得上兩匹，剩下的一匹可以輪替。冬天嚴寒，馬的鼻孔噴出陣陣白煙。即使四下霜雪覆蓋，牠們仍試著在地上找可吃的東西，嘴唇周圍沾滿了雪，看起來有些滑稽。下午四點左右，那一匹不用拉車的馬忽然焦躁不安起來，不停嘶鳴，跑來跑去。我覺得奇怪，外頭並沒有什麼異常呀！約一刻鐘後，塔勒先生駕馬車回來了，我這才明白，原來留在家的馬早已感應到同伴們即將返回而興奮期待呢。

　　除了牛馬，塔勒家還養貓狗，就像大多數的瑞士農場一樣。博弟是一隻老牧羊犬，牠的窩在屋前門簷下，所以造訪塔勒家必須先跟他們的狗打聲招呼。近幾年，博弟明顯衰老了，牠的毛色暗沉灰白，行動也變得遲緩，無法再幫忙趕牛。不過塔勒先生每回駕馬車外出總會帶老狗同行，並讓牠坐在腳旁。乘馬車「出遊」，應該是老博弟冬日裡最重要和快樂的活動吧。早上將近十一點，屋外傳來博弟響亮的吠叫聲。我從窗口望去，看到博弟搖著尾巴在小路上興奮地半跑半跳，然後塔勒先生駕馬車出了院子，塔勒太太也跟著慢慢走了出來。到了轉角下坡處，塔勒太太彎腰捧起博弟的後腿使勁一抬，助老狗躍上高高的馬車駕駛座；主人和老狗就這樣開始一天的生意，天天如此，非常準時。我只要一聽到博弟的吠叫聲，不需看錶，

就知道是什麼時辰了。下午馬車回來，也是如此，先聽到狗叫。這幾乎是每日的儀式，就如瑞士人屋裡掛的自鳴鐘，規律、準時、不可缺少。

秋日傍晚，屋外傳來口哨聲和吆喝聲，塔勒夫婦一前一後趕著牛群回家。「叮噹噹、叮噹噹」，牛隻慢吞吞地從柵欄邊走上坡。天暗下來，我也該準備作晚飯了。

萋萋芳草

　　茵佳汀的冬季漫長嚴寒，大地有足夠的封藏休養。待到春夏兩季，萬物欣欣，牧草肥美。冬眠動物如土撥鼠，輕快地鑽出洞穴，在綴滿野花的草地上立起身來，嘹亮地大吹口哨。

　　高山上的草地，是許多畫家寫生取材的主題，不僅因為它的色彩豐富多變，也因為它展現的活力。一張張畫布上，或是輕描淡抹的水彩，或是層層塗染的油畫，只見各色光點跳動、旋轉、迸射，盡情歌頌生命的美麗。畫家試圖捕捉草地的各種風姿，去過山上的人，應該都能瞭解這般的心情。

　　沒有草地和野花的高山，風景一定遜色不少。

　　每一片草地，因花粉傳播的遠近差異，各自構成風格和主調。這裡黃，那裡藍，再遠一些妊紫嫣紅，變化萬千，讓人看不厭倦。伊所拉有片草地是淡淡的紅紫色，延伸向汐芷湖邊。我朝湖邊走，卻不住地回頭；草地有股盫氳紫氣，升起。草叢後方，遠遠的，幾棟農舍的灰瓦石牆。

　　一片綠油油的草地，看著就足夠讓人心曠神怡。茵佳汀風
大，把長長的草吹得波動靈韻。被吹動的，還有藍天裡的雲，
還有馬兒的鬃毛。中國人說「風景」，說得真是傳神啊！一有
了風，景色就變得生動有致了。

　　草地或原野讓我們感到開闊自由，這一點，動物比我們還
要敏銳深刻。只要看看狗在如浪的草地裡放足奔跑，發瘋似的
快樂模樣，就可知道了。有一回我坐在火車裡不經意地往窗外
望，火車正好開過彭特溪納附近的一片草地，我突然驚呼了起
來：一隻小鹿在夕陽的金輝中騰躍，就像表演特技翻轉一樣。
不過牠很快地遁入樹林裡，同車廂的人似乎都沒有看到，只向
我投來奇怪的一瞥。

　　鮮嫩多汁的野草，養育了高山上的馬牛羊。從前的農人把
收割的牧草鋪在三角形的木架上曬乾，而後收入牛棚上層通風
處以備冬天所用。現今發明了便利的儲存袋，據說秣草既能保
持濕潤又不會發霉。採用新式儲存袋的農人似乎愈來愈多，因
為收割後的草地上愈來愈常見到一個個白色圓筒型的塑料袋。
以往曬秣的木架子早已用不上了。有些農人把它掛在農舍外的
石牆上作為裝飾，頗有一股懷舊的味道。

　　曬乾的牧草還能入菜，是一樣挺時髦的食材。我在石打翠
的餐廳嚐過秣草燉煮的奶油濃湯，味道真是特別。不過我也只

能嚐嚐而已，因為我有過敏的毛病。每到收割牧草的時日，我就打噴嚏流眼淚，苦不堪言。「花粉熱」在洋文裡，用的就是「乾牧草」這個字。

中醫說得好，毒藥也可以是解藥。讓我嚴重過敏的植物花粉和野草味，其實是極好的天然藥草，提煉成細小的白色珠丸，每次五粒至十幾二十粒，含在舌下任其融化，聽說能改善許多慢性疾病。我今年試服過這樣的小藥丸，過敏症確實好些了。

西方人喝的花草茶，也具有保健定神的功效。藥材店裡的架子上林林種種放著各式香味、各項功用的風乾花草。除了我們熟悉的薄荷、椴花、西洋菊之外，茴香子能健胃整腸，鼠尾草可潤喉止咳，纈草有助睡眠等等，還真是一門學問。以生產喉糖著名的利口樂公司（Ricola）在彭特溪納有一個開放的小園圃，栽植了二、三十種類的香草植物，讓我們見識到，原來平日所喝的茶、所吃的喉糖，來自這些花草，長得這般風貌。這些藥草並非只有山區才有，不過高山上純淨的水和空氣，似乎更讓人信賴。「紅樓夢」裡的劉姥姥大概會說：「這兒可真是福地喲！野花雜草長在這裡，可都成了靈芝仙草了哪！」

阿爾卑斯山有許多被列為保護的特有植物，例如著名的龍膽花和雪絨花。大多數的植物我要不是叫不出名字，就是不

知道中文名稱，只覺得好看。瑞士人口中的「阿爾卑斯山玫瑰」，中文叫作「山杜鵑」。兩個名稱都好聽，各有風格個性，也透露了東西文化想像的差異。

雪絨花大概最能代表阿爾卑斯山了，瑞士和奧地利都用它來作為觀光標誌。六〇年代美國影片「真善美」中的歌曲「Edelweiss」，隨著影片唱響了全球。歌詞形容雪絨花「小而白，潔而淨」，倒也唱出了它的特質。雪絨花長在海拔高的山上，我至今尚未見過野生的。HK有次獨自去爬山，給我帶回來一朵。我問他：「你摘的嗎？」因為雪絨花是禁止採折的。他趕忙解釋：「這朵已掉落地上，可能被動物踩踏了，我撿拾起來，並非摘採。」我將這朵雪絨花放在一塊石板上，兩三年來顏色形態都沒改變。最近一兩年我看到山上的花店有盆栽的雪絨花，應該是人工培植的，無法與野生的相比。我希望有幸能遇見一株野地裡的雪絨花，不過我先得爬得夠高才行呀。

是啊，爬得愈高，走得路愈險僻，愈能見到奇花珍草。山上的野花勁草不僅好看，它們更是溫柔的陪伴。不論你爬上陡坡，涉過溪澗，或是走在林裡，它們總靜靜立在那裡，點點頭，招招手，嫣然一笑。你的疲累於是頓時一空。有什麼比之更美的相遇、更佳的鼓舞？對我來說，「阿爾卑斯山玫瑰」也好，「山杜鵑」也罷，那更是我登山健行的路徑上與我相迎相

逢、開滿紅花的低矮灌木；它伴我走向下一個轉角，又一層山坡。我的登山路徑，常常因為這些美麗的花草而得以延伸、提高。

就這樣，我走啊走。有時芳草輕拂我的腳面，有時我走到花叢的腳下。走山路，成了一件愉悅的事。

走過了繁華美麗的春夏，走進草地在秋風裡的蒼勁爽朗。很快地，白雪將被覆大地。寂靜中，有默默的等待：一朝春雷響動，花草抽芽而出……

後記

　　寫這本書期間，我常常想到遠在台灣的玉山——遠，除了實體距離外，也是時間的追憶。

　　唸高中時，有次地理老師說：「天氣好的時候，你們若向東邊的山脈望去，很可能看得到玉山。」在這之前，玉山對我來說是個地理名詞，遙遠又高不可攀，雖然我的家就在嘉義——在那個入山嚴格管制的年代有幾個人能去山區呢？聽了老師的話後，我在騎腳踏車回家的路上，總會向東方望去，在一抹抹推向遠處的淡藍色山脈裡尋找最高的一點，「那應該就是玉山吧！」我對自己說。

　　當時嘉義垂楊路的大水溝還未加蓋，印度櫻花和楊樹紅綠相間。那一帶大都是平房，沒有討厭的高樓擋住我遠眺的視線。嘉義女中大門前有一個水泥砌成的牌坊，上面書寫著做人或教育之類的古訓名言，正好立在大門對面；據說某任校長認為校門正對溝圳風水不好，於是豎了塊牌坊當作屏風。目前的垂楊路早已是雙向各三線道的大馬路，汽機車快速奔馳，哪裡

還有垂柳花嬌的身影和閒情！要看玉山？寧可低頭在手機裡尋索吧。在大樓林立又擁擠的城市裡，遠望高山是一項奢侈。

我因為在瑞士去過一些山區，便想到應該走訪嚮往已久的玉山，也好奇自己是否有體力和本事爬上去。網上查了一下，看到一些組團登山的廣告，行程安排得相當緊湊，目的就是攻頂。上了山頂還發放證書，並有專人拍照留念——不，留證。有這樣的活動廣告，就有這樣的市場，也就有這樣的文化。聽說近幾年登玉山非常熱門，但從宣導資訊裡不斷重複事前準備的重要性以及途中該注意的事項可以看出，不少人缺少登山經驗與知識卻往「東北亞第一峰」奔去。只是因為熱門嗎？也許我們該回到一個簡單的問題上：「為什麼去爬山？」

前陣子我跟一個台灣朋友聊天，她說起參加一個區域登山健行社的情形：「無論我們去哪裡，一定會安排到某個地點煮飯——自己動手做！會員背著新鮮的食材或土產甚至水，興沖沖地走到預定地後生火做飯再飽餐一頓。」朋友在歐洲住了很長一段時間，剛開始頗不習慣：「這樣不是很費事嗎？為什麼不帶點麵包吃點簡單的東西？」其他會員說：「這才熱鬧，才有意思呀。」這是文化與習慣，無關誰對誰錯。我初到歐洲時，若在又冷又累的情況下啃乾麵包總覺得委屈。只是，炊煮吃飯一定要排在登山行程裡的話，我們能去的地方、能走的路

徑不是有限了嗎？除非出門主要為了聊天聯誼。

　　有人喜歡熱鬧，但也常有人抱怨：到處都是人，嘈雜擁擠，有什麼好玩的！確實，一個景區若是「人山人海」，哪還有山和海可看，更別提清靜了。這是為什麼「私人景點」、「秘境」等詞彙總被用來大做廣告。然而，再怎麼幽密的地方，一經網路傳播，就不再是桃花源了。今年夏天，米蘭的幾個年輕人把在瑞士南部戲水的短片放到網路上，片中翠綠的溪水深潭立刻吸引了眾多的目光，網友熱情「按讚」又「轉貼」。接下來的日子，每天數千名的避暑人潮湧入原本平靜的山間小鎮，小鎮驚愕之際幾乎無法招架。瑞士觀光局對此樂觀其成；鎮長則答覆盡力做好應變措施，增進硬體設備以迎遊客。而當地居民呢？如果是你，你會高興還是生氣？要賺錢還是過平靜日子？

　　因為寫書的緣故，我對旅遊觀光方面的話題比以前留意，例如瑞士觀光單位如何去了解中國遊客的文化與習慣；茵特拉肯的餐廳如何接待不吃豬肉的阿拉伯客人；或是這一兩年報紙刊登當地人和外國觀光客發生摩擦的新聞似乎增加了等等。旅遊觀光在市場、文化、政策與生態等各方面的變化非常快速，牽引出的衝擊和影響也可以相當強烈。近一兩年來，茵佳汀突然間多了一小組一小組穿黑衣戴寬帽的猶太人，他們的服飾和

行徑突出，讓山上有了不一樣的氣氛。遊客和旅遊地是無法分離的，尤其當人數眾多時。

在今天旅遊興盛、大眾觀光的時代裡，我們每個人都有當遊客的機會和經驗，也有機會接觸不同種族、文化與區域的遊客──無論在國內或國外。出外旅遊或在住家附近郊遊爬山都是一種生活態度，可以反映而且形成風氣──無論我們是否自知。而我們又常常忘了一件重要的事：我們每個人都只是過客而已，山和水才是真正的主人。

寫這本書的出發點原是走向自然，觀照內心。但漸漸的，我意識到旅遊在今日已不再是個人的遊山玩水而已，它牽連經濟、政治、種族、文化、人性、生態等面向，是一個繁複的題目。然而我們能夠選擇：下回出門時走哪條路？怎麼玩？那麼，本書就算是一份邀約，讓我們多關心與留意吧。

二零一七年秋

蘇黎世

茵佳汀簡圖

原文地名與中文譯名對照表

Engadin	茵佳汀
Albula	阿布拉
Berninapass	伯寧納隧道
Celerina	雀樂林納
Champfèr	香翡
Diavolezza	魔鬼山（意譯）
Graubünden（Kanton）	格勞賓登（州）
Isola	依所拉
Julierpass	尤利亞隧道
Maloja	瑪羅亞
Morteratsch	魔特哈奇
Muottas Muragl	莫他是慕靄
Muragl	慕靄
Pontresina	彭特溪納
Rosegtal	羅塞格谷地
Samedan	颯梅丹
Sils Maria	汐芷瑪麗亞
Silvaplana	思瓦帕娜
Staz	石打翠
St. Moritz	聖莫里茨
Wallis（Kanton）	瓦利思（州）
Zernez	策爾內茨

圖片來源

第13~21、154頁圖片：聖莫里茨檔案資料圖書室
Dokumentationsbibliothek St. Moritz

第22~36、60、92、104、132、182頁圖片：陳小川

茵佳汀簡圖：陳小川

封面圖片：陳小川

國家圖書館出版品預行編目資料

走向白雲山巔——瑞士茵佳汀／陳小川著. --初
版.--臺中市：白象文化，2018.1
　　面：　公分.——（樂活誌；58）
ISBN 978-986-358-575-6（平裝）

855　　　　　　　　　　　106020460

樂活誌（58）

走向白雲山巔——瑞士茵佳汀

作　　者　陳小川
校　　對　陳小川
專案主編　吳適意
出版經紀　徐錦淳、林榮威、吳適意、林孟侃、陳逸儒、黃麗穎
設計創意　張禮南、何佳諠
經銷推廣　李莉吟、莊博亞、劉育姍、李如玉
營運管理　張輝潭、林金郎、曾千熏、黃姿虹
發 行 人　張輝潭
出版發行　白象文化事業有限公司
　　　　　402台中市南區美村路二段392號
　　　　　出版、購書專線：（04）2265-2939
　　　　　傳真：（04）2265-1171
印　　刷　基盛印刷工場
初版一刷　2018年1月
定　　價　250元

白象文化　印書小舖　出版 · 經銷 · 宣傳 · 設計
www.ElephantWhite.com.tw　自費出版的領導者　購書 白象文化生活館